这么多年来我克制着自己不去回想那些时光，

站在他身旁研磨颜料，

坐在窗口投射进来的光线下，

望着他凝视着我。

# Girl with a Pearl Earring

Tracy Chevalier

# 戴珍珠耳环的少女

【美】特蕾西·薛瓦利埃 著　　李佳姗 译

我不能留下这副耳环，

不能告诉人家它们是怎么来的——

这意味着要解释那么久以前发生的每一件事情。

上海译文出版社

# 如真似幻的“珍珠”
## —— 代译序

一

银幕上，一双手正在剥去洋葱的紫色外皮，洋葱露出了黄白色内层，镜头拉开，观众跟着摄影机站在了一间幽暗的民宅厨房的门外，一位包着白头巾的少女在案板前忙碌，只见她将紫甘蓝、洋葱、胡萝卜和韭菜一一在大盘上码齐，她端详着，盛满蔬菜的餐盘仿佛成了一块斑斓的调色板。

母亲下到厨房，带着女孩走了出去。我们这才得知，这位女子将接受来访的东家夫妇的检视，要去人家帮佣……

最终，这位少女的容貌落在男主人——17世纪荷兰画派大师维米尔（片中由英国著名演员科林·费尔斯饰演）的画布上，并成为艺术史上的杰作——《戴珍珠耳环的少女》。

素朴的包头巾和粗布衣裙遮挡不住19岁的女主演斯嘉丽·约

翰逊的美艳，1984 年出生的她，因此片获金球奖和英国电影学院奖“最佳女主角”的两次提名，成功地开启了自己的电影生涯。而这部影片也于次年（2004 年）荣膺奥斯卡奖（3 项）、金球奖（2 项）和英国电影学院奖（10 项）的多项提名。

影片剧本改编自英语作家特蕾西·薛瓦利埃的同名小说。

三百多年来，维米尔画作中的这位少女，始终是个谜。画中，她斜侧身姿，凝眸回首，注视着对面的画家和今天的我们，她微微张开双唇，嘴角似有若无地泻出少许笑意，艺术史将其与达·芬奇的名作相提并论，称作“北方的蒙娜丽莎”。

这个谜样的人物，她的身世出处，她如何进入画家的视野并最终定格在画框之内，无疑，是对小说家想象力的有力诱惑与召唤。

特蕾西·薛瓦利埃接受了这份挑战，小说于 1999 年在英国出版，一年后美国版问世，成为《纽约时报》的畅销书，单英文版印行就超过一百万册。此外，它还被翻译成英语之外的大多数欧洲语言；在亚洲，被翻译成土耳其语、格鲁吉亚语、波斯语、印度尼西亚语、泰国语、越南语、汉语和韩语。

一切灵感和故事，都来自维米尔的那幅画作。

## 二

“维米尔使用铅白描绘少女衣领、珍珠耳环和眼睛，也将铅白与其他颜料混合使用。最近的铅同位素分析确定，制作这种颜料的铅矿石来自英国。”

“背景中蓝色染料成分更为复杂。大多17世纪画作中的靛蓝证实来源于植物木兰（*Indigofera tinctoria* L.），通常从亚洲进口，16世纪下半叶也在西印度群岛种植。另一种靛蓝的可能来源是野青树（*Indigofera suffruticosa* L.），也称为危地马拉靛蓝。”

“还有一种来自地球另一边的着色剂为新世界胭脂虫：也称为墨西哥或美洲胭脂虫。……《戴珍珠耳环的少女》服装中发现美洲胭脂虫，但不确定其准确来源。”

“维米尔出色地使用昂贵的蓝色颜料：天然青金石。在《戴珍珠耳环的少女》中，他将其大量用于头巾和外套描绘。17世纪时，青金石来自阿富汗的一处山区。”

……

2018年，荷兰海牙的莫瑞泰斯皇家美术馆启动了名为“聚光灯下的少女”的研究项目，用最先进的成像技术，对馆藏名作——约翰内斯·维米尔的《戴珍珠耳环的少女》——所使用的材料和技术进行新一轮的研究性检测。上述几处发现来自该项目的总结性报告。

这些发现，和加拿大汉学家卜正民（Timothy Brook）出版于2008年的《维米尔的帽子：十七世纪与全球化世界的黎明》（*VERMEER'S HAT*：*The Seventeenth Century and the Dawn of the Global World*）中的若干结论形成了印证：

到17世纪，欧洲人形成了一套不同以往的与世界别处地域的交往模式："在此之前的人类史上，从来没有这么多人从事这么长距离的迁徙，而且离开故乡在异地待这么久的时间。从来没有这么多人，与操持陌生语言、陌生文化的人进行交易。"

即便如一生未离开家乡小城代尔夫特（Delft，本书译作台夫特）的约翰内斯·维米尔，也在他的画布上涂抹着来自未知名的异域的神奇颜料。终其一生，他为数不多（迄今被艺术史界认可的不过寥寥36幅）的画作无一驻留在其故里，而散布在欧美多个国家的美术馆和私人藏家手中。

"他们也需要认识到他们居住在永远骚动不安的现实世界，在这样的世界里，人不断在移动，东西可能跨过半个地球，以便一处的买家能买到另一处制造者所制造的东西。这些要求迫使他们以全新而陌生的方式思考自己的人生。"

在这无数男女当中，是否有过那么一位，踟蹰于代尔夫特的街巷，甚或走入了维米尔的画布？

事实是，维米尔的画布上，有位女子历经330多年，迈入了一本她未曾说过的语言写成的书，一本跟她留驻的画幅同名的小说。

《戴珍珠耳环的少女》。

## 三

"写这部小说的想法来得很容易，"提起自己这部《戴珍珠耳环的少女》的由来，特蕾西·薛瓦利埃说，那是一个早晨，躺在床上的她在琢磨接下来该写点什么，她正好瞥见墙上挂着的那张维米尔绘画的海报，"我想知道维米尔对她做了怎样的点化，让她出落成这番模样。”我们的女作者从19岁开始就对维米尔着迷，她计划要周游世界，把这位存世量寥寥的艺术大师的36幅画作看个遍，在这部小说问世后的第五年，她的愿望最终得以实现。

这模特到底是谁？维米尔为何要画她？她盯着画家/观众看时在想什么？她的大眼睛和神秘的若有若无的笑容出自天真抑或意在诱人？为何她会戴着那只似乎与其身份并不相符的珍珠耳环？

花了三天，薛瓦利埃将整个故事搞定，居然毫不费力。

故事发生在17世纪的60年代。主人公葛里叶，荷兰代尔夫特城一位瓷砖画匠的16岁的女儿，她家和本城大多数人家一样信奉新教。父亲在一次炉窑爆炸中受伤失明，捉襟见肘的家境，使双亲不得不让葛里叶去城里天主教社区一户富庶人家帮佣，借以补贴家用。

葛里叶有着特殊的禀赋，小说开头，东家夫妇来到她家，见到厨房里切菜的葛里叶出于本能地将各色蔬果按自己的喜好摆放堆叠，她的小动作招来了东家男主人的瞩目，而他，就是约翰内斯·维米尔。对葛里叶而言，这对夫妇来自跟她家截然不同的另一阶层，她“在他们的声音中听见奢华的地毯、书本、珍珠与毛皮”。

无疑，占据财富的多寡，不仅划分了代尔夫特城中人们的阶层高下，也是薛瓦利埃构筑小说情节线索的要素：因家境困窘而帮佣，使得葛里叶得以前往画家维米尔家，并获得了打扫画室的机会；同时，也展开了她作为用人与雇主一家其他成员——多疑的维米尔夫人卡萨琳娜、他岳母——颇为精明的玛莉亚·辛、他的六个孩子（尤其是那个鬼精灵般的可妮莉亚）、厨娘坦妮基等人的相识与相处，她得每日里闪转腾挪于这一大家人之中。因帮佣的身份，葛里叶也结识了维米尔的友人、显微镜的发明者安东尼·范列文虎克（本书译作凡利瓦伊欧）、画家的赞助人凡路易文，菜市场肉摊摊主彼特父子，他们与葛里叶的交往构成了小说情节的另一端，这些人物多半在当年的代尔夫特和维米尔有过真实的交往，但除了留存至今的少量文书，极少有细节留存，小说的描述多半来自作者薛瓦利埃的令人赞赏的想象力，以及她对小说总体架构的设计。

《戴珍珠耳环的少女》一书的架构还源自葛里叶的女性身份。可以说，以此为视点，我们可将整部作品看作女性作为主人公的成长小说（Bildungsroman）：初离家门的葛里叶，在帮佣的岁月里得到历练，从身份卑微、暗恋画家的小姑娘，最终出落成一位心智成熟的女子。尤其，她的视觉禀赋在与维米尔相处并为其充当模特的过程中，真正获致了一份艺术地发现世界的眼光，尽管，在那个年代，女性成为画家的道路还为时尚远。

小说结尾，十年之后，已为人妇的葛里叶意外地被唤到维米尔家，不久前故世的画家留下了遗嘱将这对珍珠耳环赠予他过去的女佣与模特。收下耳环的葛里叶，最终将其换成二十枚银币，十五枚将交给丈夫彼特，偿清维米尔家赊欠的账目，也是她心中对丈夫积欠的债务，留下的五枚，伴随她与画家和耳环的这段往事，深埋在心底。

“女佣终于自由了！”葛里叶在小说最后一行里欢欣鼓舞。

## 四

作为历史小说，《戴珍珠耳环的少女》因其表现17世纪荷兰画派大师维米尔而具备了视觉性的动机，或曰母题。

维米尔作为东家随妻子去面试雇用的女孩，他因葛里叶在厨房里摆放蔬菜的样式而被吸引，葛里叶的视觉禀赋，成为之后情节走向的驱动力。

“我总是把切好的蔬菜摆成圆形，不同的种类分别占一个部分，像切片的派。眼前共有五片派：紫甘蓝菜、洋葱、韭菜、红萝卜和芜菁。我会用刀锋把它们理齐，最后在中心摆上一片红萝卜。”清贫家庭寡淡的蔬菜汤食材，在这样的排列下显示了它特有的丰富性，也透出主人公的“艺术之眼”。

在成长小说类型中，“教导”是一个关键性内容。在《戴珍珠耳环的少女》中也不乏这样的段落。在维米尔一幅新画开工之际，友人安东尼·范列文虎克搬来了一只木箱，让葛里叶惊奇不已，主人让她披着长袍窥视这只他叫做“暗箱”的家什。“我再把长袍拉过头顶，盖掉四周的光线，眼见闪烁着珠宝光泽的颜色再度浮现。比起原本在角落的样子，在玻璃上它们看起来甚至更为明亮而鲜艳。”

“暗箱帮助我用另一种方法观看，使我看到比原本更多。”维米尔的解释，也是“教导”，让女主人公开始意识到“用另一种方法观看”。

无独有偶，小说第二部分“1665年”中，葛里叶开始不明白维米尔为何在画布上先去涂抹那些跟对象并不相同的色彩（她称作“错误的颜色”），于是，画家让她观察窗外的云，再联想到她熟悉的案板上的蔬菜，葛里叶终于明白维米尔所说“大家都说云是白的，但你会发现里面几乎没有纯白色”。

“虽然我这辈子不知道看过多少云，但此时却仿佛第一次见到它们。”她心下暗自雀跃，生活中许多事物，从此都会让她有“第一次见到”的感受，尽管，并非每一次都令她欣悦。

在领略了主人家的富足与丰盛之后，周末回家的葛里叶尝到母亲的蔬菜汤“没有油脂的调味，炖蔬菜淡而无味，黑面包又干又硬。同样的，房间也不一样……每样东西都简简单单干干净净，没有任何装饰。我喜爱这里因为我对它非常熟悉，但此刻我才察觉原来它是如此的单调乏味”。

清晰的“影像”伴随了清醒的意识一同而至，让来自新教家庭、视感官享受为罪愆的葛里叶觉察到了自身的局限，小说的视觉性主题与艺术背后的精神性蕴涵于此会合。同时，作者也许也在暗示，17世纪是整个世界跨入现代的重要转折点，从此，感性成为现代人生活形态的基座。

小说里带来暗箱的安东尼·范列文虎克值得再次被提及，他仿佛探知了女主人公对画家的倾慕，因而告诫葛里叶，维米尔“脑中想的只有他自己以及他的作品，不是你”，因此，“小心保持你自己”。而这“保持”，并非要葛里叶记住自己的用人身份，而是“他画中的女人——他引诱她们进入他的世界。你会迷失在那里”。

欲望的潮水漫过了艺术的堤岸，拍击着现实的人生，它能被一架画框拘限住吗?

由此，我们来到小说最终的那个意象——“珍珠耳环”，这同时也牵涉到艺术史上的一个为时已久的纷争。我们在此可以援引一下最近的研究成果：维米尔在他绘画的最后阶段涂饰了半透明敷色层并描绘了一些高光和细节。检测显示，“珍珠耳环”位于绘画的表层：画家用薄涂的颜料形成白色衬衫领口在“耳环”上的反射光，用厚涂颜料产生“耳环”的水滴形高光效果，两者都涂在已经完成的少女脖颈肌肤位置。

“近距离观察显示，珍珠耳环的形状是一种假象：未检测到涂绘或画出的轮廓，也没有钩子连接耳环至少女的耳朵上。”

“珍珠耳环”，乃是画面上颜料涂敷堆积造成的效果，这闪烁之物是否是珍珠，也许会是艺术史聚讼不已的话题。而这一番似真而幻，又让我们想到小说中的一个悬念，维米尔对“我”——葛里叶，到底是否生过爱慕之心，我们如同暗箱前的主人公，眼前的景象时时在清晰与模糊中转换……

也许，“珍珠耳环”也正是小说家的夫子自道，真幻之别，正在她手中的那支魔笔的起伏之间。

汤惟杰

献给我的父亲

# 1664

我母亲没有告诉我他们要来。事后她说那是因为她不希望我看起来紧张。我很惊讶，以为她够了解我。打从出生以来我就不曾哭闹，在陌生人眼里总是举止平静，只有母亲能从我紧绷的下颚和扩张的大眼中察觉异状。

那时我正在厨房切菜，听到大门外传来人声——女人的声音，轻快如明亮的铜管乐器，以及男人的声音，低沉如我手下的木头桌子。那是某种在我们屋子里不曾听闻的声音。我在他们的声音中听见奢华的地毯、书本、珍珠与毛皮。

我很庆幸不久前自己才费力刷过门口的台阶。

母亲的声音——像一个炖锅，一只水壶——从大门口逐渐往这里接近。他们正朝厨房走来。我把手边没切完的韭菜推到一旁，把菜刀在桌上放好，用围裙擦净双手，然后抿抿嘴，润湿干燥的双唇。

母亲在门边出现，一对眼睛透露着警告。她身后的女人得微微低头才进得来，因为她太高了，比跟在她后面的男人还高。

我们一家人，就连我父亲和弟弟，也都很矮。

女人看起来好像被狂风扫过，尽管今天外头平静无风。她的帽子歪斜一边，溜出几绺金色的鬈发垂在额前，像蜜蜂一样，好几次她都不耐烦地伸手挥打。她的衣领需要整理一下，而且也不够硬挺。她把肩上的灰色斗篷推到背后，然后我看到她深蓝色的衣裙下一个婴儿正逐渐成型。年底前，或者更早，小孩就要出世了。

女人的脸像个椭圆形的餐盘，时而闪亮，时而晦暗。她的眼睛是两颗淡褐色的纽扣，这样的颜色我很少在金发的人身上看到。她大大咧咧地仔细盯着我瞧，然而很快她的注意力就被其他东西吸引，眼睛朝屋里四处扫视。

“就是这女孩啰。”她忽然冒出一句。

“这是我女儿，葛里叶。”我母亲回答。我有礼貌地朝女人和男人点点头。

“嗯，她看起来瘦瘦小小的，她力气够吗?”女人转身看向男人，她斗篷的一角勾到我刚刚切菜用刀子的刀柄，刀子被扫下桌，弹到地板上转了几圈。

女人失声尖叫。

“卡萨琳娜。”男人平静地说。她的名字从他口中吐出仿佛含着肉桂的香味。女人安静下来，努力让自己恢复镇定。

我走上前捡起菜刀，把刀锋在围裙上擦拭干净，然后再放回桌上。

刚刚菜刀掉地的时候碰乱了一旁切好的蔬菜，我拿起一片红萝卜放回原位。

男人看着我，他的眼睛如灰色的海洋。他的脸瘦长而棱角分明，表情沉着安稳，和他妻子闪烁摇摆如同烛火一样的神情刚好相反。我很高兴他没有留胡子或胡髭，因为这让他看起来很清爽。他肩上披着一件黑色的长外衣，身上穿着白色衬衫，并围着一圈细致的丝质衣领。他的头发被压在帽子底下，颜色像雨水冲洗过的红砖。

“葛里叶，你刚刚一直在这里做什么？”他问。

他的问题吓了我一跳，不过我很明白不能照实说。“我在切菜，先生，要煮汤用的。”

我总是把切好的蔬菜摆成圆形，不同的种类分别占一个部分，像切片的派。眼前共有五片派：紫甘蓝菜、洋葱、韭菜、红萝卜和芜菁。我会用刀锋把它们理齐，最后在中心摆上一片红萝卜。

男人的手指轻轻敲着桌子。“你是按照它们下锅的顺序排列的吗？”他研究着这个由蔬菜码成的圆形，提出他的猜测。

“不是的，先生。”我有点犹豫。我也说不出自己为什么如此排列蔬菜，只是觉得它们应该要这么摆，但我没有胆量对一位绅士说这样的话。

“我看到你把白色的分开，”他说，指指芜菁和洋葱，“还有橘色和紫色的，你也没有把它们摆在一起。为什么？”他捡起一小片甘蓝菜和一块红萝卜，拎在手里像玩骰子一样摇着。

我望向母亲，她轻轻点头。

“这两个颜色放在一起会起冲突，先生。”

他扬起眉毛，好像没料到这样的答案。“你煮汤前常常花很多时间在摆这些菜吗?”

“噢，没有的，先生。”我不安地回答。我不希望他觉得我很散漫。

我的眼角瞥见一点动静，我妹妹阿格妮丝正在门柱后偷看，听到我的回答她摇摇头。我不常说谎。我垂下眼睛。

男人侧过头去看，阿格妮丝马上躲了起来。他把红萝卜和甘蓝菜抛回原位，那片甘蓝菜有一半掉在洋葱堆里。我想伸手去把它摆好，但没有动手，不过他知道我很想这么做。他在测试我。

“好了，玩够了。”女人宣布。尽管他对我的特别注意让她不大舒服，但惹她不高兴的人是我。“那么，就明天?”她看了男人一眼，然后像风一样迅速转身走出厨房，我母亲跟随其后。男人再望了望即将下锅煮汤的材料，然后对我点点头，跟着她们离去。

母亲回来的时候我坐在我的蔬菜轮旁边。我等她开口，她缩着肩膀仿佛抵挡着冬天的一阵寒风，只不过现在是夏天，而且厨房很热。

“从明天起你到他们家帮佣。如果你表现好的话，他们每天会付你八毛钱。你要住在他们家。”

我抿紧嘴唇。

“葛里叶，别那样看我，”母亲说，“我们没办法，你父亲现在没有工作了。”

“他们住在哪里?”

“在奥兰迪克，和马伦港交接的地方。”

“罗马天主教区？他们是天主教徒?”

“你每个星期天都可以回家，他们同意这一点。”母亲用双手拢了拢切好的芜菁，把它们跟混杂在其中的少许甘蓝菜和洋葱一起捧了起来，丢进火炉上准备好的一锅水中。我小心翼翼排列出来的圆形就这么毁了。

* * *

我爬上楼梯找我父亲，他坐在阁楼前方的窗户旁边，光线落在他脸上。如今他顶多只看得到这样的光影。

父亲以前是个瓷砖画匠，他在白色的瓷砖上画小天使、少女、军人、船只、孩童、花鸟和动物，然后上釉、烧窑、兜售，长久以来蓝色的颜料已染进他的手指。直到有一天窑炉爆炸，夺走他的双眼和工作。他还算幸运——另外两个人却死了。

我在他身旁坐下，拿起他的手。

“我听见了，”我还没说话他就先开口，“我都听见了。”失去了双眼使得他的听力变得非常灵敏。

我想不出能说些什么听起来不含怨怼。

“对不起，葛里叶，我应该替你想更好的方法。”他眼睛原来所在的地方已经被医生用上下的皮肤缝合起来，看起来充满悲哀。“不过他是一个正直的绅士，人不错，他会好好对你的。”他完全没有提到那个女人。

“你怎么能这么肯定，爸，你认识他吗?”

“你不知道他是谁吗?”

“不知道。”

“你记不记得好几年前凡路易文在市政厅展示他新买的画作，我们看到一幅画画着台夫特的风景，从鹿特丹和席丹城门的方向看出去。画中的天空占了好大一部分，阳光照着其中几栋房子。”

“而且颜料中混了沙子，使砖墙和屋顶看起来有粗糙的感觉。”我接下去。“水面上有长长的倒影，几个小小的人站在河岸边，离我们最近。”

“就是那幅画。”父亲的眼眶扩张，仿佛他还有眼睛，又再度看见这幅画。

我记得很清楚，记得我思考着为什么我也曾经好几次站在相同的地点，但就是从来不曾看到那位画家眼中的台夫特。

“他是凡路易文?”

“你说那个赞助人?”父亲轻笑,“不是,不是,不是他。是那个画家,维米尔。刚刚那两个人是约翰·维米尔和他太太。你的工作是打扫他的画室。”

母亲在我简单的行李中多放了包巾、领巾与围裙,如此我才有备份的衣物每天换洗,让自己看起来总是干干净净。她给我一支装饰用的玳瑁梳子,那是我祖母的,形状像贝壳,戴在一个女佣头上实在过分华丽。她还给我一本祈祷书,让我在需要的时候可以逃离周围的天主教气氛。

我们在收拾东西的时候,她向我解释为什么我会到维米尔家工作。“你知道你的新主人是圣路克同业公会的会长吗?去年你父亲发生意外的时候,会长也是他。”

我点点头,仍然不敢相信我将要替这么一位艺术家工作。

“公会尽可能地照顾它的会员。记不记得这么多年来你父亲每个星期都缴钱到一个箱子里?这些钱是拿去给一些生活困难的工匠,就像我们现在的情况。但是钱没多少,你也知道,尤其现在法兰当学徒也没有赚钱。我们没有别的办法。虽然我们真的很需要,可是我们也不愿意接受别人的救济。后来你父亲听说你的新主人在找人,他想找一个女佣可以不移动任何东西打扫他的画室,于是就把你的名字报上去,想说既然维米尔是会长,又知道我们的情况,应该会想办法帮忙。”

我把她的话想了一遍。“要怎么不移动任何东西打扫一个房间?”

“当然你得移动东西，但你必须想办法把它们放回一模一样的位置，让它们看起来好像没有人碰过，就像你父亲眼睛看不到后你为他做的一样。”

父亲发生意外后，我们已经学会把东西放在他永远找得到的地方。然而，为一个瞎眼的人这么做是一回事，替一个眼睛敏锐的画家这么做，则完全是另一回事。

客人离去之后阿格妮丝什么也没对我说。那天晚上我爬上床，在她身旁躺下，她依然沉默不语，不过并没有翻过身背对着我。她仰卧着，眼睛盯着天花板。我吹熄蜡烛，房间顿时陷入黑暗，我什么都看不见。我转身向她。

“你知道我也不想走。我不得不。”

一片寂静。

“我们需要钱，现在爸不能工作了，我们一无所有。”

“一天八毛也没多少钱。”阿格妮丝的声音哑哑的，仿佛喉咙里结了蜘蛛网。

“至少可以让家里不缺面包，或者吃到一点奶酪。也没那么少。”

“只剩下我一个人。你们就把我一个人留下来，先是法兰，然后又是你。”

去年法兰走的时候，全家人中就是阿格妮丝最难过。以前他们两个老是像猫一样动不动就打架，然而他离开之后她闷闷不乐了好几天。十岁的她是我们三个小孩中最小的，她出生以来法兰和我就始终在她身边，她从来没有想过有一天我们会不在。

“家里还有爸和妈，我每个星期天也都会回来。而且法兰本来就会走，也没什么好惊讶的。”很久以前我们就知道，等我们的兄弟十三岁之后就要去当学徒。我们的父亲辛苦存了一笔钱要付学徒费，而且嘴里总是不停地说法兰会学到这一行额外的知识，到时候等他回来，他们父子俩可以合开一家瓷砖工厂。

如今我们的父亲坐在窗边，不再提到未来。

意外发生后法兰回家待了两天，之后他不曾再回来过。最后一次见到他，是我跑到城外他做学徒的工厂去找他。他看起来精疲力竭，两条手臂因为长久以来拖拉烧好的瓷砖出窑，从上到下布满了灼伤。他告诉我他从清晨工作到半夜，有时候甚至累得没有力气吃饭。“爸从没说过有这么累，”他忿忿不平地埋怨，“他老是说他的学徒经验塑造了他。”

“或许吧，”我回答，“让他变成现在这样。”

隔天早晨我准备出发时，父亲沿着墙壁摸索来到大门口的台阶。我搂了搂母亲与阿格妮丝。“星期天一下子就到了。”母亲说。

父亲递给我一个包在手帕里的东西。“让你记得家里，”他说，“记得我们。”

这是他画的瓷砖里我最喜欢的一块。他留在家里的瓷砖大部分都是有小瑕疵——破损或切歪的，或是因为窑火太热上面的图案被烧糊了。然而这一块，是父亲特别为我们留下来的。瓷砖上画着简单的图案，两个小人影，一个男孩与一个年纪大一点的女孩。他们并不像普通瓷砖画上的孩童一样玩耍，他们只是一起散步，就如同我和法兰一起散步的样子——显然父亲画图的时候心里想着我们。男孩走在女孩前头，转过身来好像说些什么。他一头乱发，一脸调皮。女孩不像其他女孩一样戴帽子，把带子绑在下巴下或是脖子后面，而是和我一样。我喜欢戴一顶白色的帽子，把它对折让宽阔的帽缘笼罩我的脸，完全包覆我的头发，帽子的左右两边垂在脸颊旁，从侧面别人看不见我的表情。为了保持帽子硬挺不变形，我把它跟马铃薯皮一起煮。

我拎着包在一条围裙里的物品，走离家门。天还很早，邻居们正拿水桶往门口台阶和马路上泼水，准备刷洗。如今这项工作以及许多其他我以前的责任，将落到阿格妮丝身上，她不再有那么多时间在街上或运河边玩，她的生活也即将改变了。

人们向我点头打招呼，好奇地望着我走过。没有人问我要去哪里，也没有人亲切地问好。他们不用问——他们很明白当一个家庭里的男人丢了工作，会变成什么样子。等会人们会开始闲话——年轻的葛里叶去当女佣，她父亲让家里抬不起头。然而他们也没什么好幸灾乐祸的，同样的命运很容易就落到他们身上。

我从小就在这条街上走，但从来没有这么清楚地意识到我背向家门越走越远。等我走到路的尽头，转身走出家人的视线后，脚步才变得稍微坚定，眼睛也才能够看向四周。一大早还很冷，天空一片单调的灰白，像一条床单低低地盖住台夫特，夏天的太阳升得还不够高，无法蒸散这片厚厚的云层。我身旁的运河像一面镜子，反射着染绿的白光。过一会等阳光越来越亮，运河就会逐渐暗成墨绿，像青苔的颜色。

我和法兰还有阿格妮丝以前常常坐在这条运河边，朝水里丢东西——石头、树枝，有一次是一片破瓷砖——然后想象它们沉到河底时会打到什么东西——不是鱼，而是我们想象中的生物，它们有好多眼睛、鳞片、手和鳍。法兰会想出最不可思议的怪物，阿格妮丝总是最害怕。每一次我都得停止游戏，因为太渴望见到我们编造出来的不存在的生物。

运河上有几艘船，朝着市集广场的方向行去。然而今天没有市集，不然的话，运河上会挤满了船让你根本看不到水面。一艘船载着淡水鱼要运到杰若尼莫斯桥边的摊子，另一艘船装满了砖头，在水面上沉得很低。撑船的男人大声对我打招呼，我只是微微颔首，然后低下头把脸藏在帽缘里。

我过桥走到运河的另一岸，转进市集广场的空地，即使时间还早，但广场上已经有很多人来往经过，各自为自己的事忙碌——去肉市买肉、到面包店买面包、拿木头到称重行称重；小孩帮他们的父母、学徒替他们的雇主、女佣为她们的主人家里跑腿。马车和拖车喀啦喀啦碾过石板地。我的右边是市政厅，正面窗户上方的楔石雕花镀金，映衬着白色的大理石外墙。我的左边是新教教堂，十六年前我就在那儿受洗。教堂又高又尖的钟塔让我联想到石头做的鸟笼，父亲有一次带我们爬上塔顶，我永远忘不了展开在我们眼下的台夫特景色，每一栋小小的砖房、陡峭的红屋顶、绿色的水道以及城门都深深刻印在我心底，影像虽小却无比清晰。当时我问父亲，是否荷兰的每一座城市看起来都是这样，不过他不知道。他从没去过别的城市，即使是走路只要两个小时的海牙。

我走到广场中央，那里有个圆圈，里面的石头排成一个八芒星，每一个芒角都指向台夫特的不同角落。长久以来我都视它为城镇的中心，我生活的中心。等法兰、阿格妮丝和我大到可以在市场里乱跑后，就常来这个星星附近玩。我们最喜欢的游戏是每个人选择一个芒角，然后随便说一样东西——一只鹳鸟、一间教堂、一台手推车、一朵花——接着朝芒角所指的方向去找那样物品。借由这个游戏，我们探遍了整个台夫特。

然而，有一个角，我们从不曾以它出发。我从来没去过住着天主教徒的天主教区。我要帮佣的房子离家只有十分钟路程，只是煮一壶水的时间，然而我从不曾路过。

我不认识半个天主教徒，在台夫特他们是少数，我们街上或者我们去的店里也见不到任何一个。不是说我们刻意避开他们，而是他们自成一个圈圈。在台夫特他们并没有受到排斥，但这不表示他们可以公开宣扬他们的信仰，他们保守地选择一些外表看起来不像教堂的场所，默默举行礼拜。

父亲以前替天主教徒工作过，他告诉我，他们和我们没什么两样。如果有哪里不同，那就是他们没那么严肃，他们喜欢吃吃喝喝、唱歌玩乐。说到这点时，他的语气几乎带着羡慕。

现在我走上那个芒角所指的方向，我拖着比别人慢的脚步穿过广场，不想离开熟悉的环境。我上桥，跨过运河，左转来到奥兰迪克。我左边的运河沿路而行，隔开了市集广场。

来到马伦港路口，我看到一栋房子敞开大门，门口的长椅上坐着四个女孩。她们按照高矮排排坐，从年纪最大看起来跟阿格妮丝差不多的，排到最小好像只有四岁的。中间的一个女孩怀里抱着一个婴儿——很大的婴儿，可能已经会爬了，很快就要开始学走路。

五个小孩，我心想，肚子里还有一个。

最年长的女孩正用一根尾端固定着海扇贝的空心管子吹泡泡，父亲也做过类似的东西给我们。泡泡一吹出来，其他的人就跳起来用手拍打。抱着婴儿的女孩没办法移动，尽管坐在吹泡泡的大姊旁边，却没抓到几颗泡泡。最边边的小妹坐得最远，年纪又最小，也没机会摸到泡泡。第二小的动作最快，一看到泡泡出现就马上弹起来朝空中猛拍手。她的头发是四个姊妹中颜色最闪亮的，红艳艳的像是她背后干燥的红砖墙。最小的和抱着婴儿的女孩一头金色鬈发，像她们的母亲，而最大的姊姊则和她父亲一样，有着深红色的头发。

我看着火红头发的女孩在屋子前灰白交错、斜对角排列的瓷砖地板上跳着，朝泡泡猛挥，在它们落地前一刹那伸手啪地拍破。她将是个麻烦，我心想。“你最好在它们碰到地板前出手，”我说，“不然这些瓷砖又要重新刷一遍。”

年纪最大的女孩放下吸管。四对眼睛盯着我看，她们一模一样的瞪视证明她们确实是姊妹。我可以从她们身上看到她们父母的影子——这个有灰眼睛、那个有浅褐色的眼睛，这里有方脸、那里有不安的动作。

“你是新来的女佣吗?”年纪最大的问。

“大人叫我们在外面等你。”我还来不及回答，火红头发的就插嘴。

“可妮莉亚，去叫坦妮基来。”大姊对她说。

“爱莉蒂，你去。”可妮莉亚反过来命令最小的妹妹。爱莉蒂用大大的灰眼睛瞪着我，没有移动。

“我去。”大姊想必最后觉得我的到来是件重要的事。

“不要，我去!”可妮莉亚跳起来，跑到她姊姊前头，留下我跟两个比较安静的女孩在一起。

我望向女孩腿上扭来动去的婴儿。“这是你弟弟还是妹妹?”

“弟弟。”女孩回答，她的声音柔软得像只羽毛枕头。“他叫约翰，千万别叫他约。”她说最后这句话的语调仿佛提到某种禁忌。

“我知道了。那你叫什么名字?”

“莉莎白，她是爱莉蒂。”最小的女孩对我微笑。她们都穿着整齐的棕色连身裙，配上白色的围裙与帽子。

“那你们大姊呢?”

“玛提格。千万不要叫她玛莉亚。我们的外婆名字叫玛莉亚，玛莉亚·辛，这是她的房子。”

婴儿开始抽噎地哭起来，莉莎白把他放在自己的膝上，上下晃动。

我抬眼看这栋房子。无疑地，它比我们家豪华得多，但也没有豪华到让我害怕。房子有两层楼，加上一间阁楼，而我们家只有一层和一间小小的阁楼。它是一排连屋的最后一间，另一边紧临着马伦港，所以比街上其他房子大一点。这栋房子看起来宽敞些，不像台夫特许多一排排紧连的狭窄砖房沿着运河挤在一起，屋子的烟囱和倾斜的屋顶映在绿色的运河水面。房子一楼的窗户很高，二楼并排着三扇窗户，不同于街上其他房子只有两扇。

从房子门口望出去，可以看到新教教堂的钟塔就在运河对岸。对一个天主教家庭来说这是个奇怪的视野，我心想，面对一座他们连走都不会走进去的教堂。

“你就是那个女佣?”我听到背后传来声音。

站在门口的女人有一张大脸，上面的坑坑洞洞是以前生病留下的痕迹。她的鼻子像一颗形状扭曲的蒜头，厚厚的嘴唇紧紧闭着，使她的嘴巴看起来很小。她的眼睛是淡蓝色的，仿佛染到了天空的颜色。她身穿一件灰褐色的连身裙与白色衬衣，包巾沿着脸绑得死死的，腰上系着一条围裙，没有我的干净。她整个人站着挡住门口，玛提格和可妮莉亚只得从她身旁的空隙挤出来。她望着我，双手交叉在胸前，好像在等待挑战。

她已经感觉到我带来的威胁了，我心想。如果我不反抗她会欺负我。

“我叫葛里叶，”我直视着她说，“我是新来的女佣。”

女人把身体的重心移到另一只脚上，“那你最好赶快进来。”过了一会她才说。她退进阴暗的室内，空出了大门的通道。

我跨步进门。

走进前厅的第一印象，一直留在我脑海里的是墙上的画。我停在门里，紧捏着手里的包袱，睁大眼睛瞪着。我以前也看过画，但从没在一间房里看到那么多。数了数，有十一幅。最大的一幅画里有两个男人，几乎全裸，彼此扭打在一起。我不记得《圣经》里有这样的故事，因而猜想那是天主教的题材。其他的画则是我较熟悉的主题——水果静物、自然风景、海上船只、人物肖像。它们似乎出自不同的画家，我看不出哪一幅是我新主人画的，没有一幅看起来我觉得像。

后来我才知道那些都是别的画家画的——屋里没有他自己完成的画作。他是个艺术家同时也是画商，他所代理买卖的画作挂满了每个房间，甚至我睡的地方也有，全部加起来超过五十幅，不过随着他买进或卖出，数目时有改变。

“来吧，别在那发呆东张西望。”女人匆促地走进一条长长的走廊，我跟在她身后，走廊从房子的大门口直通到底。走到一半她突然左转走进一间房间，只见正对门的墙上挂了一幅比我还大的画。画中的耶稣被钉在十字架上，身旁围绕着圣母马利亚、抹大拉的玛丽亚与圣约翰。我试着不要看，但它惊人的大小和主题让我移不开目光。“天主教徒和我们没什么两样。”父亲曾说。但我们不会在家里、在教堂里，或是在任何地方挂这样的画。如今我得每天看到这幅画。

此后我一直视那个房间为耶稣受难室，在那个房间里我老是觉得不自在。

这幅画实在太令我震惊，以至于我没有注意到角落有人，直到她开口。“如何?”她说，“让你大开眼界了吧。”她坐在一张舒适的椅子里，抽着烟管。她咬着管口的牙齿已经变得焦黄，手指染着墨色。除此之外她全身完美无瑕——黑色衣裙、蕾丝衣领、平整的白帽。虽然她瘦长的脸冷峻而严肃，但她浅褐色的眼里似乎带着嘲讽。

她是那种看起来好像会比任何人活得都还久的老太太。

她是卡萨琳娜的母亲，我突然想到。并不只是因为她眼睛的颜色，或是溜出帽子外的一绺灰色鬈发让人联想到她女儿，而是透露出一种气息，告诉人们她习于照顾那些能力不如她的人——就像卡萨琳娜。我现在明白为什么我被带来见她而不是她女儿。

虽然她似乎只是随便打量我一眼，她的眼神却非常凌厉。当她眯起眼睛，我知道我心里想什么她一清二楚。我偏过头，让帽子遮住我的脸。

玛莉亚·辛从烟管里喷出一口烟，咯咯轻笑。“这就对了，女孩。在这里你要把自己的心思藏在自己脑里。所以，你是替我女儿工作的，她现在出去了，去买东西。坦妮基等一下会带你四处看看，解释你的工作是什么。”

我点点头。“是的，夫人。”

刚刚始终站在老太太身旁的坦妮基跨步从我身边走过，我跟着她。玛莉亚·辛的眼睛烙印在我背上。我听见她又咯咯轻笑。

坦妮基首先带我到房子后面，那里有厨房和洗衣房以及两间储藏室。洗衣房通到外面一个小小的院子，院子里晾满了白色的衣物。

“首先，这些要熨。”坦妮基说。我没说话，尽管这些衣物显然好像还没有被中午的太阳晒过，看起来不够白。

她领我回到屋内来到一间储藏室，地面有一个洞，一架梯子通向洞底。她指指那个洞，“你睡在这里，”她宣布，“现在把你的东西丢进去，等一下再回去整理。”

我百般不愿地放开我的包袱，让它落进黑暗的洞里，想到那些我和法兰与阿格妮丝丢进水里试探怪物的石头。我的东西砰的一声重重跌落在泥地上，我觉得自己好像一棵苹果树，失去了所有的果实。

我跟在坦妮基身后回到走廊。房子里所有的房门都朝走廊而开，房间比我们家还多。玛莉亚·辛所在的耶稣受难室隔壁、面向房屋大门的，是一间较小的房间，里头摆着小孩床、尿壶、小椅子和一张桌子，桌子上放满了各种陶器、烛台、鼻烟盒及衣服，全部堆成一堆。

“女孩们睡这儿。”坦妮基咕哝地说，或许是为房间的脏乱感到不好意思。

她转身回到走廊，然后打开另一个房门，房间很大，光线从前方的窗户流泻而入，投射在红灰交错的瓷砖地板。“大厅，”她喃喃地说，“主人和太太睡这里。”

他们的卧床上方悬挂着绿色的丝质帷幕。房里还有其他的家具——一个黑檀木雕花的大柜子，一张白木桌子靠着窗，周围排着几张西班牙式皮椅。然而最吸引我注意的仍是墙上的画，这间房里挂的画比其他房间还多，我默数到十九幅。大部分都是人物肖像——显然是两方家庭的成员。墙上也有一幅圣母马利亚的画像，还有一幅描述着三王朝拜圣婴的故事，我不安地盯着它们。

“现在，上楼去。”坦妮基踩上又高又陡的楼梯，然后竖起食指放在唇边，我小心翼翼安静地爬上楼。到了楼梯顶我环顾四周，只见一扇紧闭的门。门里一片寂静，我知道是他。

我伫立原地，眼睛牢牢盯着房门。我一动也不敢动，只怕门会打开，而他会走出来。

坦妮基靠过来在我耳边轻声说：“你要打扫那里面，晚一点太太会告诉你怎么做。其他的房间——”她指了指屋子后面的几扇门，“是我夫人的房间，只有我进去打扫。”

我们再度爬下楼梯。回到洗衣房后，坦妮基说：“以后你要负责屋里的脏衣服。”她指指一旁堆成小山般的衣物——它们已经堆在那里很久了，我得拼了命才洗得完。“厨房里有个储水槽，不过你最好去运河边提水回来洗，城里这一段的水还算干净。”

“坦妮基，”我低声说，“这些以前全都是你一个人做的？为整家人煮饭、打扫、洗衣服？”

我说对了话。“还有偶尔要上街买菜。”坦妮基为她自己的事业深感骄傲。“当然了，通常都是年轻太太自己去，不过当她有喜的时候她会避开生鲜鱼肉。而这种情况常常有，”她小声补充。“你以后也要去肉市和鱼摊，这是你另一项工作。”

说完后她就走了，留下我和一堆脏衣服。加上我，家里共有十个人，其中一个是比其他人还会弄脏衣服的婴儿。从今以后我将天天洗衣服，我的手将因为浸泡在肥皂水里而变得又粗又糙，我的脸将会被蒸汽烫得发红，我的背将因为搬动湿衣服而酸痛不已，我的手臂将会被熨斗烫出累累伤痕。然而我是新来的而且我很年轻，本来就该做最辛苦的工作。

这堆脏衣服在洗之前要先用肥皂水泡一天。在通往地窖的储藏室里我找到两个白锡水壶和一个铜锅，我拿起水壶穿过长长的走廊，朝大门口走去。

女孩们仍坐在长椅上，现在吹泡泡的吹管落在莉莎白手中，玛提格则拿面包浸在牛奶里，喂小婴儿约翰。可妮莉亚和爱莉蒂追着泡泡。我一出现她们全停下手边的事，期待地望着我。

“你是新来的女佣。”有着火红头发的女孩大声宣布。

“没错，可妮莉亚。”

可妮莉亚捡起一颗小石子，丢过马路投进运河里。她的手臂从上到下有一条条长长的爪痕——她一定是常常逗家里的猫。

“你在哪里睡觉?”玛提格问，把黏糊糊的指头在围裙上抹着。

“在地窖里。”

“我们喜欢那下面，”可妮莉亚说，“我们现在就去那里玩!”

她跳起来冲进屋里，但没有走几步，当她发现没有人跟着她，于是又转身走回来，一脸不高兴。

“爱莉蒂，”我对最小的女孩伸出手，说，“你能不能带我去看哪里可以打运河的水?”

她握住我的手，抬头看我，她的眼睛像是两枚闪亮的灰色硬币。我们穿过街道，可妮莉亚和莉莎白跟在后面。爱莉蒂带我来到通往河面的阶梯，我们一起探头朝下望，我不由自主握紧她的手。就像以前，法兰和阿格妮丝还小的时候，每次我们站在水边，我都会牢牢抓住他们的手。

“你退后，离岸边远一点。”我命令，爱莉蒂顺从地退后一步。然而当我拿着水壶走下阶梯时，可妮莉亚却紧跟在我身后。

“可妮莉亚，你是要帮我提水吗？如果不是的话，就上去陪你妹妹。”

她看着我，然后做出最糟的反应。如果她发脾气或顶嘴，那么我会知道我已经掌握了她。相反地，她大笑。

我伸手打了她一巴掌。她的脸涨得通红，但并没有哭。她转身跑上阶梯，爱莉蒂和莉莎白紧张地探头看我。

我有一种感觉，和她母亲相处也将是这样的情况，唯一的不同是我不能打她。

我把水壶盛满水，提着它们走上阶梯。可妮莉亚已经不在了，玛提格仍抱着约翰坐在那里。我拿了一壶水进屋回到厨房，生起炉火，然后把水倒进铜锅里放在火上加热。

我回到外头时可妮莉亚又出现了，她的脸颊仍微微发红。女孩们在灰白交错的地砖上打着陀螺，没有一个人抬头看我。

我刚刚留下来的水壶不见了。我望向运河，看到它上下颠倒地浮在水面，就在阶梯旁手臂正好够不到的地方。

“没错，你果然是个麻烦。”我喃喃自语，四处张望想找一根棍子把它勾过来，可是找不到。我用另一个水壶再度装满水，然后拿进屋里。经过女孩时我偏过头，不让她们看到我的脸。我把水壶放在铜锅旁边一起烧，然后再度回到外头，这一次带着一把扫帚。

可妮莉亚正朝水壶丢石头，大概是想把它弄沉。

“你如果再继续闹我会再打你。”

“我要跟我妈讲，女佣不能打我们。”可妮莉亚又丢一颗石头。

“你要我告诉你外婆你干了什么好事吗?”

可妮莉亚的脸上闪过害怕的神情，她丢下手里的石头。

一艘船从市政厅的方向沿运河驶来，我认出撑篙的男人，今天早上才见过——他已经运走了砖头，船轻了许多。他一见到我便咧嘴笑。

我红着脸说：“先生，能不能麻烦你帮我捡那个水壶?”

“喔，这会儿你需要我了才看我喔?变得可真快啊!”

可妮莉亚好奇地注视着我。

我吞了口口水。“我从这里够不到，也许你可以——”

男人倾身向前，捞出水壶，倒掉里面的水，然后伸手把它递向我。我跑下台阶，从他手里接过来。“谢谢，感激不尽。”

他不放手。“就只有这样?不给我一个香吻?”他伸手拉我的袖子，我急忙扯回手臂，硬把水壶抢过来。

“下次吧。”我尽可能地轻声说，我从来就不擅于这类言词。

他大笑。“从今天起每次我经过这里，都要找找看有没有水壶。对吧，小妞?”他对可妮莉亚眨眨眼。“水壶和香吻。”他拾起船篙，推篙离开。

当我爬上阶梯回到马路上时，我似乎看到二楼中间的窗户有什么动静，那是他所在的房间。我凝神看，什么也没有，只有天空映在玻璃上。

* * *

卡萨琳娜回来的时候我正在院子里收衣服，我先是听到走廊里传来钥匙敲撞的声音。这些钥匙穿成一大串挂在她腰际，随着走动在她臀上弹跳。尽管它们让我看了很不舒服，她却很骄傲地把它们挂在身上。接着我听到她在厨房里交代坦妮基和帮忙从店里提东西回来的小弟，她对两个人的口气都很凶。

我继续拉下床单、餐巾、枕头套、桌巾、衬衫、衬衣、围裙、手帕、衣领和帽子，一件件折好。它们只是随便晾在那里，因为挤在一起以至于好多地方都还是湿的，不但如此，在挂上去之前也没有甩平，所以全部皱成一团，我得花一整天的时间来熨才能让它们好看一点。

卡萨琳娜出现在门口，尽管还没到正午，她却看起来又热又累。她的衬衣乱糟糟地跑出蓝洋装的领口，披在外面的绿色家居外衣到处都皱巴巴的。她的金发比平常还蓬松拳曲，尤其她又没有戴帽子可以压平它们。鬈发挣扎着想跳出把它们缠成一个髻的梳子。

她看起来好像需要在运河边坐着休息一会，河水的景色或许能使她平静而冷却下来。

我不确定自己该如何待她——我从没当过女佣，我们家里也不曾有过。我们街上也没有见过半个用人，因为没有人请得起。我把手边折好的衣服放进篮子里，然后向她点头。“太太早。”

她皱了皱眉，然后我才知道应该让她先开口，在她面前我得更加留意。

“坦妮基带你四处看过了？”她问。

“是的，太太。”

“那，你应该知道你要做什么，那就好好做。”她迟疑了一会，仿佛找不到话说，这时我想到，就好像我不知道怎么做她用人一样，她大概也不知道要怎么做我的主人。坦妮基想必是玛莉亚·辛调教出来的，也始终遵从她的命令，无论卡萨琳娜怎么吩咐。

我必须不露痕迹地帮助她。

“坦妮基告诉我，除了洗衣服外，太太您要我去买鱼和肉。”我小心地提醒。

卡萨琳娜豁然开朗。“没错，等会你这里洗完之后她会带你去，以后你就每天自己去。还有偶尔我会需要你帮我跑腿。”她补充。

“是，太太。”我等了一会，看她没有别的事要说后，我伸手从晒衣绳上拉下一件男人的亚麻衬衫。

卡萨琳娜望着衬衫。“明天，”她看着我折它，然后说，“我会带你上楼去看要打扫的房间。早上——一大早。”我还来不及回答，她已经消失在屋里。

我把衣服拿进屋，找到熨斗，擦干净，然后放在火上加热。我才开始熨衣服，坦妮基就走进来，递给我一个菜篮。“我们现在要去肉铺，”她说，“我马上要用到肉。”我刚刚就听到她在厨房里准备食物，闻到炒蔬菜的味道。

大门外卡萨琳娜坐在长椅上，莉莎白坐在她脚边的一张凳子上，而约翰在摇篮里睡觉。她正在替莉莎白梳头，顺便检查有没有虱子。可妮莉亚与爱莉蒂坐在她身旁缝纫。“不是这样，爱莉蒂。”卡萨琳娜说，“把线拉紧，这样太松了。可妮莉亚，你弄给她看。”

我没想到她们能如此融洽地相处在一起。

玛提格从运河边跑过来。“你们要去肉铺吗？妈，我可不可以跟去？”

“除非你答应跟在坦妮基旁边，而且听她的话。”

我很高兴玛提格跟我们一起去，尽管坦妮基仍对我怀有戒心，但玛提格开朗而机灵，能带动友善的气氛。

我问坦妮基她替玛莉亚·辛工作了多久。

“噢，好几年了，”她说，“在先生和太太结婚搬进这里之前，我从年纪和你差不多的时候就开始了。你几岁?”

“十六。”

“我十四岁就来了,”坦妮基洋洋得意地算着,“我在这里做了半辈子。”

这种事我不会骄傲地向人炫耀。长期的工作操劳使她看起来不止二十八岁。

肉市就在市政厅后面南边,可通到市集广场的西边。肉市里有三十二个摊子——台夫特一代代传下来始终有三十二个肉贩。市场里吵吵嚷嚷地挤满了为家里买肉的主妇和女佣,在各个摊位拣选、讨价还价,男人扛着屠宰的猪只牛只来来回回。地上铺的锯木屑吸饱了血水,沾黏在鞋子和裙摆上。空气中弥漫着一股浓烈的血腥味,虽然有一阵子我每星期都会到肉市,早该习惯了它的气味,然而我每次闻到仍会不寒而栗。尽管如此,我很高兴来到一个熟悉的地方。我们从肉摊之间走过,经过一个摊位时,一个肉贩大声招呼我,在父亲还没发生意外之前,我们都是向他买肉。我对他微笑,看到一个认识的人让我轻松许多。这是我今天第一次笑。

单单一个早上,我离开从小长大的熟悉环境,来到完全陌生的地方,一下子遇见这么多新的脸孔,看到这么多新的事物,实在有点难适应。以往,如果碰到新见面的人,我也总是与家人或邻居一起;如果到一个新的地方,我也是跟法兰或父母在一起,因此不觉得恐惧。新的事物与旧的交织，像是袜子的补丁。

法兰开始做学徒后没多久就告诉我，他差一点就要逃走，不是因为工作辛苦，而是无法忍受一天又一天面对着陌生的环境。他之所以留下来，是因为他知道父亲花掉所有的积蓄付这笔学徒费，如果他跑回家也会马上被送回去。更何况，如果他去了其他地方，也只会发现更多的陌生。

“我会再来看你，”我小声对肉贩说，“下次我一个人的时候。”然后赶忙跟上坦妮基和玛提格。

她们停在前面的一个摊位旁。肉贩是个好看的男人，有一头灰白的金色鬈发和一双淡蓝色的眼睛。

“彼特，这是葛里叶，”坦妮基说，“以后由她来买肉，你还是像以前一样记在我们账上。”

我试着把目光放在他脸上，然而我的眼睛无法不往他溅着血迹的围裙瞥去。我们的肉贩在卖肉的时候总是穿着干净的围裙，一沾到血他就会换一件新的。

“嗯。”彼特上下打量我，仿佛我是一只肥美的肉鸡，他正在考虑要怎么烤。“今天想要些什么，葛里叶？”

我转向坦妮基。“四磅猪排和一磅舌头。”她说。

彼特微笑。“你觉得呢，小姑娘？”他对玛提格说，“我卖的舌头是不是台夫特最好吃的？”

玛提格点点头，然后盯着摆在摊子上的肉块、排骨、舌头、猪蹄和香肠吃吃傻笑。

“葛里叶，你以后会发现市场里我卖的肉最好，称得最老实，”彼特一边称牛舌一边自夸，“我包你一定满意。”

我望着他的围裙，咽了口口水。彼特把猪排和牛舌放进我的菜篮，对我挤挤眼，然后转身招呼下一位顾客。

我们接下来去肉市隔壁的鱼市场，海鸥在市场上空盘旋，等着捡食鱼贩丢进运河里的鱼头和内脏。坦妮基把我介绍给他们的鱼贩——和我们的也不一样。我每天将轮流去鱼市或肉市。

离开市场后我不想回到那间屋子，回到长椅上的卡萨琳娜和那些小孩那里。我想回家。我想走进母亲的厨房然后把整篮的猪排交给她。我们已经好几个月没吃肉了。

我们回来的时候卡萨琳娜正在替可妮莉亚梳头发，没有人理我。我帮坦妮基准备午餐，把烤架上的猪排翻面，拿东西到大厅里的餐桌上，切面包。

午餐好了之后女孩们都进来了，玛提格在厨房里帮坦妮基，其他的女孩在大厅里坐定。我才把牛舌放进其中一个储藏室的腌肉桶里——坦妮基把它留在外面，差点就被猫叼走了——这时他从外面出现，站在长廊底端的门口，穿着外套戴着帽子。我站着不动，他停在那里，光线从他背后照进来，我看不见他的脸。我不知道他是否沿着长廊望着我。过了一会他隐身走进大厅。

午餐由坦妮基和玛提格服侍，我则在耶稣受难室照顾婴儿。坦妮基忙完了后便过来，我们一起吃喝同样的食物——猪排、蔬菜、面包与一大杯麦酒。尽管彼特卖的肉不比我们家的肉贩好，在这么久没吃肉之后尝起来也觉得非常美味。面包是黑麦面包，而不是我们家吃的便宜黑面包。麦酒也没有那么稀。

我没有服侍家人用餐所以并没有见到他。偶尔我听到他的声音，通常夹杂着玛莉亚·辛的声音，他们的语调明白地显示他们处得很好。

午餐过后我和坦妮基收拾餐具，把厨房和储藏室的地板擦干净。厨房和洗衣房的墙壁都铺着白色瓷砖，壁炉边则镶着蓝白色的台夫特瓷砖，某一区画着鸟，某一区画着船，某一区画着士兵。我仔细研究它们，然而都不是我父亲画的。

接下来的一整天我几乎都待在洗衣房里熨衣服，有时停下来生火、拿木材、或是去院子里透透气散散凉。女孩们在屋里跑进跑出地玩，有时进来看我在做什么，顺便拨弄一下炉火。有时当她们发现坦妮基在隔壁厨房里睡着了，约翰在她脚边爬，就会跑去闹她。她们对我比较有戒心，或许是觉得我会打人。可妮莉亚对我摆出一副臭脸，在房间里待一下就跑掉，然而玛提格和莉莎白则帮我把熨好的衣服放到大厅的衣柜里。她们的母亲正在那儿午睡。“婴儿出生前的最后一个月她大概一整天都会待在床上，”坦妮基向我透露，“陷在一堆枕头里。”

午餐后玛莉亚·辛上楼到她的房里。但后来我又听到她在走廊，我抬头望去只见她站在门口，注视着我。她没说话，所以我转过身继续熨我的衣服，假装她不在那里。过了一会，我的眼角瞥见她点点头，接着缓缓离去。

他楼上有客人——他们走上楼时我听见两个男人的声音，之后当他们下楼时我朝门边窥视他们离去。他旁边的男人身材肥胖，帽上插着一支长长的白羽毛。

天黑后我们点起蜡烛，我与坦妮基和小孩们一起在耶稣受难室吃面包奶酪喝麦酒，其他的人则在大厅里吃牛舌。我小心地选了一个座位，背对耶稣受难图。我累得无法思考。在家里我的工作也同样辛苦，却从没这么累过。在这陌生的房子里，面对着陌生的事物，一整天我的精神都很紧绷而严肃，在家里我可以跟母亲或阿格妮丝或法兰说说笑笑，在这里没有人可以谈笑。

我还没去过我要睡的地窖。我拿着一根蜡烛下去，但除了找到床、枕头和毛毯外，实在累得没有力气多看。我留着地窖上方的门不关，让新鲜空气流通，然后脱下鞋子、包巾、围裙及连身衣裙，短短地祷告一会，就上床躺下。正当我准备吹熄蜡烛时，我注意到床脚挂的一幅画。我从床上坐起，睡意全消。那是另一幅耶稣被钉十字架的画，比楼上的小，却更让人不舒服。耶稣痛苦地朝天仰头，抹大拉的玛丽亚无助地翻着白眼望向天空。我怀着恐惧慢慢地躺回床上，目光移不开那幅画。我无法想象要与它睡在同一间房里，我想把它拿下来但是不敢。最后我吹熄蜡烛——我舍不得把蜡烛浪费在新房子里的第一天。我再度躺下，眼睛胶在挂着画的地方。

尽管累得不得了，那天夜里我却没睡好，睡到一半有时会醒过来看看那幅画在哪。虽然墙上一片黑暗我什么都看不到，但画上的每一个细节都深印在我脑中。终于，当天色渐渐亮起，那幅画慢慢浮现，我可以确定圣母马利亚正低头望着我。

早晨起床我试着不要去看那幅画，而借着从楼上储藏室窗口射进来的微弱光线，仔细研究地窖里的摆设。没什么东西可看——几张铺着织锦椅垫的椅子堆在一起，另外有一些破椅子、一面镜子，以及两幅靠在墙边的静物画。如果我把耶稣受难图换成静物画，有人会发现吗?

可妮莉亚会，然后她会告诉她母亲。

我不知道卡萨琳娜或是他们任何一个人，对于我是个新教徒是怎么想的。这种不得不意识到自己与众不同的感觉很奇怪，我以前从来没有属于少数过。

我背对着画爬上楼梯。听见卡萨琳娜的钥匙在前屋玎珰响着，我过去找她。她走得很慢，仿佛依然半梦半醒，不过当她看见我时，便努力集中起精神。她领我上楼，紧紧抓着栏杆，用力拖着沉重的躯体，缓慢地爬上楼梯。

到了画室门口，她在一大串钥匙中找了一会，然后打开锁，把门推开。房里很暗，百叶窗紧闭——从叶片缝隙间透进来的光线使我勉强能看见。室内散发着一股清新、刺激的亚麻籽油气味，使我想起晚上父亲从瓷砖工厂下班后，衣服上残留的味道。闻起来像木头与新割的干草混在一起。

卡萨琳娜站在门边，我保持在她身后不敢进去。过了尴尬的几秒钟，她命令："去把百叶窗打开。不是左边的窗户，中间和另一边的。中间的窗户只要开下面一半。"

我穿过房间，侧身绕过画架和椅子来到中间的窗户，拉开下半部的窗户，推开百叶窗。我没有看画架上的画，不想在卡萨琳娜从门口注视着我的时候看。

一张桌子靠在右边的窗户下，角落边有张椅子。椅子的靠背和坐垫是皮制的，上面压印着黄色的花和叶子。

"不要动那边的东西，"卡萨琳娜提醒我，"那是他正在画的。"

就算我踮起脚我也还是太矮，够不到上半部的窗户和百叶窗。我得爬上椅子，却不想当着她的面这么做。她站在门口等着我出错，让我很紧张。

我犹豫着要怎么办。

是婴儿救了我——他在楼下大哭起来。卡萨琳娜把重心换到另一只腿上。看着我迟疑不决，她逐渐不耐烦起来，最后下楼去安抚约翰。

我迅速爬上椅子，小心翼翼地踩在四周的木头框上，然后拉开上面的窗户，倾身推开百叶窗。朝下窥视，我瞥见坦妮基正在刷洗屋前的瓷砖。她没有看到我，但她身后踏着湿瓷砖走过的一只猫停下脚步，抬头往上望。

我打开下面的窗户和百叶窗，爬下椅子，一样东西从我面前闪过，我僵在原地。东西停了下来，是我自己，映在两扇窗户间墙上的镜子里。我凝视着自己。尽管我的表情焦虑、罪恶，但我的脸同时笼罩在阳光里，使我的皮肤散发着光晕。我惊讶地盯着镜子，然后走开。

趁着空当我检视四周。房间很大，呈正方形，没有楼下大厅那么长。窗户打开后，房里明亮而通风，墙壁粉刷成白色，地上铺着白色与灰色的大理石地砖，深色的地砖排成方形十字的图案。墙脚镶着一圈画着小天使的台夫特瓷砖，保护白粉墙不被我们的拖把弄脏。它们不是我父亲画的。

虽然房间很大，却没几件家具。除了中间窗户前方摆着画架和椅子，就是右边窗户下、角落边的那张桌子。我刚刚踩过的椅子旁有另一张椅子，光滑的皮椅垫上钉着铜扣，上方突出的木头椅柱雕着两只狮子头。画架和椅子后面、房间的另一头，一个小橱柜靠墙而立，柜子的抽屉关着，上方放着一块干净的调色板，旁边摆着几支画笔和一把菱形刀锋的画刀。橱柜旁是一张书桌，桌上有些书信和纸张。门口的墙边还有另外两张雕有狮子头的椅子。

房间井然有序，看不到日常生活的杂乱无章。它和这栋房子里其他的部分都不一样，几乎完全属于另一栋房子。关上门后，很难听见小孩的叫喊、卡萨琳娜钥匙的玎珰声，或是我们的扫帚扫过地板的声音。

我拿起扫帚、水桶及抹布开始打扫。我先从为作画所摆设的角落下手，我知道我不能移动那里的东西。我跪在椅子上轻拭刚才费劲打开的窗户，以及垂在一边角落的黄色窗帘，轻轻掸去上面的灰尘，小心不弄乱它的褶皱。窗上的玻璃很脏，必需用温水才擦洗得干净，但我不确定这是不是他想要的，我得问卡萨琳娜。

我掸净椅子，擦亮铜扣和狮子头。桌子已经有一阵子没有仔细擦过，上面放的物品——一支粉刷、一个白锡碗、一封信、一个陶罐，一团蓝布从一旁垂下桌——四周有被抹过的痕迹，然而若要把桌子好好擦干净就非得移动它们。就如母亲所说的，我必须找到一个方法来移动物品，再把它们放回一模一样的位置，看不出有人碰过。

信躺在桌角，如果我把大拇指放在纸的一个边缘，食指沿着另一个边缘放，再用小指勾住桌角，固定手的位置，这样我应该能够把信拿开，掸净下面的灰尘，然后再放回我手指所标示的地方。

我把手指放在纸边，屏住呼吸，然后一口气拿开信，掸去灰尘，再放回原位。我也不了解为什么我觉得动作要很快才行。我退后一步看，信似乎原封不动，虽然位置到底对不对也只有他才真的知道。

不过，如果这就是对我的考验，我最好要做到。

我用我的手测量信到粉刷的距离，然后沿着刷子的边缘，把我的手指放在不同的角度。我拿走刷子，掸去灰尘，放回原位，再测一测它跟信之间的空间。我用同样的方法移动白锡碗。

我就是用这种方法好像不移动任何东西地打扫。我测量每一样物品跟周围物品之间的距离和角度，桌上的小东西还算简单，家具就比较难了——我用我的脚、膝盖、肩膀甚至下巴来对付椅子。

桌上那一块随意堆成一团的蓝布我不知道该如何处理，如果我动了它，一定没有办法恢复原来的折痕。于是我留着它不碰，希望在想出方法处理它之前的这一两天，他不会发现。

对于房间其他部分我就没那么谨慎，我掸灰尘、扫地、用湿布擦拭——地板、墙壁、窗户及家具——带着满足感打扫一间亟需好好整治一番的房间。桌子和窗户对面，远处的角落，一扇门通往一间储藏室，里面摆满了画、画布、椅子、木箱、碟子、夜壶、一个置衣架以及一排书。里面我也打扫了一番，把东西排放整齐，让室内看起来更有秩序。

一直到现在我都避免打扫画架四周，我也不知道为什么，但一想到会看到架上的画就让我紧张。到了最后，事情都做完了，我掸净画架前方的椅子，然后才动手掸去画架上的灰尘，一面努力不要去看画中的内容。

然而，当我瞥见黄色的锦缎时，我不得不停下来。

我盯着画看，这时玛莉亚·辛开口了。

“不是常见的景象吧？是不是?”

我没有听到她进来。她站在门里，微微弯身，穿着一件精致的黑色衣裙搭配蕾丝衣领。

我不知道该说什么，而且也忍不住——再转头回去看画。

玛莉亚·辛笑了。“你不是唯一一个在他的画前举止失寸的人，女孩。”她走上前来站在我身旁。“的确，他这幅处理得很好。那是凡路易文的妻子。”我记得那是赞助人的名字，我父亲提过。“她长得不美，但他把她画得很漂亮，”她补充说，“这可以要到好价钱。”

因为这是我第一次见到他的画，所以我始终记得比任何一幅都详细，甚至有些画我亲眼看着从最初的底色发展到最后的光影，在我脑中都比不上它来得清晰。

一个女人站在桌前，转身望向墙上的镜子，所以只能见到她的侧面。她身穿一件华丽的黄色绸缎罩袍，边缘滚着白色的貂毛，头上系着红色丝带，打成时髦的五星形状。光线从左边的窗户投入，落在她脸上，描出她前额和鼻子的优美弧线。她正在试戴一串珍珠项链，双手拎起丝带在颈边比着，悬在半空中，全神贯注于镜中的自己，似乎没有察觉有人在看她。她身后明亮的白墙上是一幅旧地图，而做为前景的则是在暗处的桌子，上面摆着我才清理过的信、粉刷和其他东西。

我想穿那件罩袍、戴那条项链。我想认识把她画得如此美丽的男人。

我想到之前望着镜中影像的自己，感到一阵羞愧。

玛莉亚・辛似乎不在意就这样站在我旁边一起欣赏。对照着后面的布景看这幅画感觉很奇特，因为我刚刚才清理过，桌上的每一样物品以及它们彼此之间的关系我都非常清楚——信放在角落、粉刷随意摆在白锡碗旁、一团蓝布绕过黑色的陶罐。每样东西看起来都一模一样，只是干净而纯粹些。画中的物品仿佛在嘲讽我多余的打扫。

然后我看到一样不同的东西，我倒吸一口气。

“怎么了，女孩?”

“画里面女士旁边的椅子上没有狮子头。”我说。

“没错，椅子上本来还放着一把鲁特琴。他改动很多，他不光画眼睛看到的东西，而是画他觉得适合的。我问你，女孩，你觉得这幅画完成了吗?”

我呆呆地望着她，她的问题一定有玄机，但是我想象不出有什么改变可以让这幅画更好。

“还没吗?”我支吾地说。

玛莉亚・辛从鼻子哼了一声。“这幅画他已经画了三个月，我预测他还需要两个月。他会改动一些东西，到时候你就会知道。”她环顾四周。“打扫完了，是不是? 那么，去做你其他的工作，他很快就会来看看你做得怎么样。”

我再朝画望最后一眼，然而看得太仔细反而让我觉得好像有什么东西溜走了。就好像看夜空中的星星——如果直接盯着一颗星星我会看不清楚，但如果是我的眼角不经意地瞄到，它反而特别闪亮。

我弯身收拾我的扫帚、水桶和抹布。当我离开房间时，玛莉亚·辛仍站在画前。

我把水壶装满运河河水，把它们放到火上，然后去找坦妮基。在女孩睡觉的房里，她正帮可妮莉亚穿衣服，一旁的玛提格在帮忙爱莉蒂，莉莎白则自己来。坦妮基精神不是很好，我试着跟她讲话，她却只是看我一眼然后不理我。最后我直接站到她面前让她不得不注意我。“坦妮基，我现在要去鱼市，你今天需要什么？”

“这么早去？我们通常都是晚一点才去。”坦妮基还是不看我。她正努力把一条白丝带打成五角星的形状，系在可妮莉亚的头发上。

“我正在烧水，手边没事做，所以想说我可以现在去。”我简单地回答。我没有补充说要早一点才能买到最上等的肉，尽管肉贩或鱼贩总是保证他们会替我们留下来。她应该知道这一点。“你需要什么？”

“今天别想鱼了，去卖肉的那里买一块羊肉。”坦妮基打好丝带，可妮莉亚一跃而起从我身旁挤出去。坦妮基扭过身打开一个箱子找东西，我望了一会儿她宽阔的背部，灰褐色的连身裙绷得紧紧的。

她嫉妒我。我打扫了她不被准许进入的画室，那个房间似乎是所有人的禁地，除了我和玛莉亚·辛。

等坦妮基拿出一顶软帽直起身来，她说："你知道吗，主人有一次画过我，画我倒牛奶。每个人都说那是他最好的一幅画。"

"我想看，"我回答，"还在这里吗?"

"噢，不在了，被凡路易文买走了。"

我想了想。"所以台夫特最有钱的男人喜欢每天看着你。"

坦妮基咧嘴微笑，她的麻脸变得更大了。恰当的赞美在倾刻间改变她的心情，一切只看我能不能找到这些赞美。

我趁她情绪变坏之前转身离开。"我可以跟你去吗?"玛提格问。

"那我呢?"莉莎白也凑过来。

"今天不行，"我语气坚定地说，"你们先吃点东西然后去帮忙坦妮基。"我不想要女孩们养成习惯跟着我，我会把它当作是听我话的奖赏。

我同时也渴望自己一个人走上熟悉的街道，而不要有一个人在旁边叨叨絮絮不断提醒我我的新生活。等我走到市集广场，把天主教区抛在身后，我深深吸了一口气，这时我才明白在那个家庭里自己是多么地紧绷。

去彼特的摊位之前我先到我认识的肉贩那儿停了一下，他看到我脸一亮。"你终于决定来打招呼了！怎样，你昨天太神气了，瞧不起我们这种人啦?"他开玩笑。

我开始解释我的新情况，然而他打断我。"我当然知道。大家都在谈——瓷砖匠强恩的女儿去帮画家维米尔工作。然后我才隔一天看到她，她就已经骄傲地不跟老朋友说话了。”

“替人帮佣没什么好骄傲的，让我爸没面子。”

“你爸只是运气差，没有人会怪他，你不用觉得丢脸。只不过你当然不会向我买肉了。”

“我也没有办法，这由我太太做决定。”

“噢，是这样，所以你不是因为彼特的儿子长得帅才向他买肉?”

我皱皱眉。“我没见过他儿子。”

肉贩笑了。“你会看到的，去吧。下次见到你妈叫她来看看我，我会留点东西给她。”

我向他道谢然后走向彼特的摊子。看到我他似乎很惊讶，“你来啦?等不及再来向我买牛舌头?”

“我今天要一块羊肉，谢谢。”

“怎么样，葛里叶，那是不是你尝过最棒的舌头?”

我不想给他他盼望听到的赞美。“主人和太太吃了，他们没说什么。”

彼特身后的年轻男人转过头——他正在摊子后的桌子上剁牛肉。想必他就是儿子了，因为尽管身材比他父亲还高，但他也有相同的淡蓝眼珠。金色的鬈发又长又密，围绕着一张让我联想到杏桃的脸。他全身上下令人赏心悦目，除了那一条溅血的围裙外。

他的眼睛飘过来停在我身上，像一只蝴蝶停在花上，我不由得红了脸。我重复我刚刚的话要一块羊肉，把眼睛放在他父亲身上。彼特在他的肉堆里翻拣了一会，拉出一块肉，摊在柜台上给我。两对眼睛注视着我。

肉块边缘泛着灰色，我用鼻子闻了闻。“这不新鲜，”我直率地说，“太太如果知道你要她家人吃这样的肉，一定不会太高兴。”我的声音比我刻意装的还高傲，不过或许这样更好。

父亲和儿子瞪着我。我看着父亲的眼睛，试着忽视后面的儿子。

最后彼特转向他儿子，“彼特，去把我留在货车上的那块肉拿来。”

“可是那是要给——”小彼特闭上嘴。他消失在后面，再出来的时候手里拿着另一块肉，我一眼就看出它是上等货。我点点头：“这好多了。”

小彼特把肉包起来放进我的菜篮，我向他道谢。当我转身离开时，我瞥见父亲与儿子彼此交换了一个眼神。尽管只是那么一刹那，我也多少明白那代表什么意思，对我又有什么意义。

我回到家时卡萨琳娜正坐在长椅上喂约翰，我给她看刚买的肉，她点点头。就在我要进门前她低声说：“我先生巡视过画室，对于打扫的成果颇为满意。”她没有看我。

“谢谢太太。”我跨步进屋，瞥了一眼水果与龙虾的静物画，心里想，那么，我真的要待下来了。

接下来的一天过得和第一天一样，往后的日子也将大同小异。打扫完画室，去过鱼市或肉市之后，我就开始洗衣服，一天用来分类、浸泡、处理脏污，第二天则刷洗、冲水、用滚水烫过、拧干，然后赶着在中午之前拿去外头晾，让阳光曝晒漂白，再隔天则是熨烫、缝补以及折叠。某一段时间我还得分身去帮忙坦妮基准备午餐，午餐过后我们再一起收拾，之后我会有一点空闲可以休息，通常我不是在门口的长椅上缝补衣物，就是回到后院。接下来我会继续把早上的事做完，然后去帮坦妮基准备晚餐。最后我们会再擦一次地板，确保隔天早上地面干净清洁。

夜里我会解下穿了一整天的围裙，用它来遮盖挂在我床脚墙上的耶稣受难图，这让我睡得好些。第二天我再把围裙拿去跟当天的衣物一起洗。

第二天早晨当卡萨琳娜打开画室的门锁时，我问她我该不该擦窗户玻璃。

“为什么不擦?”她尖锐地回答，“你不用问我这种鸡毛蒜皮的事。”

“太太，因为光线，”我解释，“如果我擦了玻璃，画会变得不一样。你看得出来吗?”

她看不出来。她不想或不能够进入画室看那幅画，她好像从没进过画室里。哪一天等坦妮基心情好的时候，我一定要问问她为什么。卡萨琳娜下楼去问他，过了一会她从楼下喊，叫我不要管那些窗户。

我打扫画室的时候，看不出有任何的改变显示他曾经来过。东西完全没动，调色板干干净净，连画本身也看不出差别。然而我可以感觉到他曾来过这里。

在奥兰迪克的头两天我几乎没有见到他，我偶尔会听到他的声音，在楼梯口，在走廊间，与孩子们一起笑，对卡萨琳娜轻声说话。听见他的声音让我感觉自己仿佛走在运河边缘，脚步不稳。我不知道在他家里他会如何待我，会不会注意到我在他家厨房里所切的蔬菜。

以前从来没有一位绅士对我如此感兴趣。

来到这儿的第三天我面对面地见到了他。就在晚餐开始前，我出去找一个被莉莎白留在外面的盘子，他正好抱着爱莉蒂走进长廊，我差一点撞到他。

我退后让路，他与爱莉蒂用同样的灰色眼睛注视着我。他没有对我笑，但也没有不对我笑。我无法直视他的眼睛。我想到楼上画里那个望着自己的女人，想到她身穿黄绸缎佩戴珍珠项链，她一定习惯于接触男士的目光。等我好不容易抬起眼睛望向他时，他已经移开了视线。

隔天我看到那个女人本人。从肉贩那里回到奥兰迪克的路上，我看到一男一女走在我前方。来到我们家门口时，男人转身向她行个礼，然后走开离去。他的帽子上插着一支白羽毛——想必就是前几天的那位访客。他的侧影从我面前闪过，我看到他留着八字胡，肥胖的脸孔与他的身材正好相配，带着皮笑肉不笑的表情。女人转身进屋，我来不及看到她的脸，然而我看到她头发上系着一条五角星形的红丝带。我退一步，站在门边等，直到听见她走上楼。

稍晚一点，我把折好的衣服拿进大厅往柜子里放，这时她走下楼来。她走进房里，我站起身。她手里拿着黄色罩袍，头上仍系着丝带。

“噢!”她说，“卡萨琳娜在哪?”

“她和她母亲去市政厅办一些事，太太。”

“这样，那算了，我改天再找她。我把这留在这里给她。”她把罩袍放在床上，然后把一串珍珠项链搁在袍子上。

“是，太太。”

我目不转睛地望着她，觉得自己好像看到了她但又没看见，感觉很奇怪。就如玛莉亚·辛所说的，她没有像画里笼罩在光线下那样美丽。然而她看起来还是很漂亮，或许是因为受到我对她第一印象的影响。她带着迷惑的表情望着我，仿佛因为我看她的眼神好像遇见了熟人，让她觉得自己好像应该认识我。于是我垂下眼睛。“我会告诉她您来过，太太。”

她点点头，但脸上的表情还是不放心，她看了一眼放在罩袍上的珠珍项链。“我想我最好把它拿到楼上画室给他。”她说着，拿起项链，没有看我，但我知道她心里想着把珍珠项链留给女佣并不安全。她走了之后，她的脸孔仍像香水一样久久不散。

星期六卡萨琳娜和玛莉亚·辛带着坦妮基与玛提格去广场的市集，买下个星期的蔬菜以及家里的日常用品。我很想跟她们一起去，因为在那儿说不定能遇到我的母亲和妹妹，然而她们叫我留在家里照顾婴儿及其他女孩。要管住这些小孩不让她们乱跑去市场相当困难，要不是怕没人看家，我说不定就自己带她们去了。没别的事做，我们只好在河边看运河上的船只来来去去，驶往市场方向的船上载满了包心菜、猪只、花、木头、面粉、草莓和马蹄铁，而朝反方向回去的船则空无一物，船夫不是忙着数钱就是在喝酒。我教女孩们以前我与阿格妮丝和法兰玩的游戏，她们则教我她们自己发明的游戏。我抱着约翰坐在长椅上，看她们吹泡泡、玩洋娃娃、滚铁环。

可妮莉亚似乎已经忘了挨巴掌的事，她兴高采烈而且态度友善，不但听我的话，还会来帮忙照顾约翰。邻居把一个木桶放在外面街上，她想爬上去，于是问我："你能不能抱我？"她浅褐色的大眼纯真无邪。我发现她的贴心让我感到温暖，但同时自己又很清楚不能信赖她。在这些女孩中，她会是最迷人也最善变的——同时拥有最好和最坏的特质。

她们翻拣着从外面找来的贝壳，依照不同的颜色把它们分成好几堆。就在这个时候他从屋里走出来。我用力拧了婴儿的腰侧一把，手指掐进他的肋骨。婴儿尖声哭喊，我忙低下头把鼻子埋进他的耳朵里，藏起我的脸。

“爸爸，我能不能跟你去?”可妮莉亚大叫，跳起来抓住他的手。我看不见他脸上的表情——他的头斜向一边，脸藏在帽缘下。

莉莎白和爱莉蒂丢下她们的贝壳，“我也要去!”她们异口同声地大喊，抓住他的另一只手。

他摇摇头，然后我看到他似笑非笑的神情。“今天不行——我要去药剂师那里。”

“你会去买画图的东西吗，爸爸?”可妮莉亚问，仍旧抓着他的手不放。

“去就是要买这个。”

婴儿约翰哭了起来，他低头望向我。我上下摇摇婴儿哄着他，觉得很尴尬。

他看起来似乎有话要说，不过并没有。他只是甩开女孩们的手，然后漫步走下奥兰迪克。

自从那一次他问我关于蔬菜的颜色和形状后，他还不曾对我说过半句话。

星期天我一大早就起床，等不及要回家，不过我得等卡萨琳娜打开前门。好不容易听到门被推开的声音，我来到外头，却见到是玛莉亚·辛拿着钥匙。

“我女儿今天不舒服，”她说着，站到一旁让我出去，“她要休息几天。她不在你行吧？”

“当然，夫人，”我回答，然后又加上一句，“如果有问题我也一定会来请教您。”

玛莉亚·辛咯咯笑。“哈，你脑筋动得很快，你知道要投靠哪一方。没关系，我们还可以忍受一点小聪明。”她递给我几个硬币，是我这几天工作的工资。“现在去吧，去告诉你母亲我们这里每一件事情，我猜。”

在她又说出什么之前我赶紧溜出来，穿越市集广场，经过那些前往新教教堂做早礼拜的人，快步走上通向我家的街道和运河。当我转进我家的那一条街时，我发觉才短短不到一个星期，街道的感觉就变了好多。光线似乎更明亮而死板，运河好像比以前宽。沿着运河排列的槭树直挺挺地站着，仿佛是一排卫兵列队等待着我。

阿格妮丝坐在家门前的长椅上，她一看到我就朝屋里喊：“她回来了！”然后跑向我，拉住我的手臂。“怎么样？”她问，连声招呼也没有。“他们好不好？你工作辛苦吗？他们家里有小女孩吗？房子是不是很豪华？你睡哪里？你有没有吃美味的大餐？”

我失声而笑，没有马上回答她的问题，而先转过身搂了搂母亲并进屋向父亲问好。尽管我手里的几枚硬币数目不多，但当我把它们交给母亲时，心里还是觉得很骄傲，毕竟，那是我工作的目的。

父亲走到门口来加入我们，一起听我叙述新生活。我伸手牵他，领他跨下门前的台阶。他在长椅上坐下，握着我的大拇指摩擦着我的掌心。“你的手变粗了，”他说，“又干又裂，才没几天已经有做苦工的痕迹了。”

“别担心，”我轻松地说，“因为他们以前人手不够，所以积了一大堆衣服给我洗，再下来就会比较轻松。”

母亲仔细端详我的手。“我去弄些锦葵来浸油，”她说，“可以让你的手保持细嫩。我和阿格妮丝会去野外摘一些。”

“快跟我们讲!”阿格妮丝大叫，“他们到底怎么样?”

我说了，只有几件事我没有提——每天晚上我有多累；我床脚边挂的耶稣受难图有多让人不舒服；我怎么样打了可妮莉亚一巴掌；玛提格和阿格妮丝的年纪有多相近。除此之外我告诉他们每一件事。

我把我们的肉贩要我转达的话告诉母亲。“他真好心，”她说，“不过他知道我们没有钱，也不会接受这样的救济。”

“我想他的意思不是要救济，”我解释，“他只是当我们是朋友。”

她没有回答，但我很清楚她不会再回到肉贩那边。

当我提到我们的新肉贩，彼特老爹和儿子时，她扬起眉毛，但没说什么。

之后我们前往我们的教堂做礼拜，在那里我的四周都是熟悉的面孔和对话。坐在母亲和阿格妮丝之间，我感觉自己的背脊终于放松下来，安稳地靠在教堂的长椅中，我的脸则从戴了一个星期的面具下融化。我有一种想哭的冲动。

回家之后，母亲和阿格妮丝不让我帮她们准备午餐，于是我过去和父亲一起坐在长椅上晒太阳。他仰起头迎着温暖的阳光，我们交谈的时候他也一直保持这样的姿势。

“说吧，葛里叶，”他说，“说说你的新主人，你几乎都没有讲到他。”

“我很少看到他。”我老实回答，“他通常在画室里，谁都不能打扰他；要不，就是不在家。”

“我想是去处理公会的事。可是你去过他的画室——你告诉过我们你是怎么打扫、测量的，但是关于他手边在进行的画作你一句也没提。说来给我听听。”

“我不知道我有没有办法形容得让你好像能亲眼见到。”

“试试看。现在除了回忆之外，我平常没什么好想的。就算我的想象力不够，脑中看到的和实际上的差太多，不过，可以去想象一位大师的作品也是很有趣的消遣。”

我尝试描述画中的那个女人，她拿着珍珠项链在脖子上比着，手臂悬空，凝望着镜中的自己，光线透进窗户笼罩着她的脸和她的黄色罩袍，黑暗的前景把她与我们隔离开来。

父亲专注地听着，但一直等到我说：“照在后面墙壁上的光线非常温暖，看着它给你一种感觉，好像阳光照在你的脸上。”他的脸才亮了起来。

他点头微笑，很高兴自己现在终于懂了。

“所以你最喜欢这一部分的新生活，”他说，“待在画室里。”

唯一的一部分，我心想，但没有说出口。

吃午餐的时候，我努力不要把它跟天主教区屋子里的食物相比，然而我已经吃惯了肉和新鲜的黑麦面包。虽然母亲的厨艺比坦妮基好，然而没有油脂的调味，炖蔬菜淡而无味，黑面包又干又硬。同样的，房间也不一样——没有大理石地砖、没有厚重的绸缎窗帘、没有雕花的皮椅。每样东西都简简单单干干净净，没有任何装饰。我喜爱这里因为我对它非常熟悉，但此刻我才察觉原来它是如此的单调乏味。

到了晚上该与父母道别的时候，我觉得很难过——比第一次离开时还依依不舍，因为这一次我知道自己要回到什么地方去。阿格妮丝陪我走了一段长路到市集广场，现在只剩下我们两个人，我问她过得好不好。

“很寂寞。”她回答，从一个十岁的小孩嘴里听到这个字眼让人心疼。一整天她都很活泼开朗，然而现在逐渐情绪低落。

“我每个星期天都会回家，”我保证，“或者平常时候我到市场买完鱼或肉之后，也许可以跑回来打声招呼。”

“或是你出来买东西的时候，我也可以到市场去找你。”她想到这个主意，眼睛一亮。

我们果然安排了几次在肉市碰面，每次我都很高兴见到她——只要旁边没有别人。

我渐渐在奥兰迪克的屋子里找到自己的位置。尽管有时候卡萨琳娜、坦妮基与可妮莉亚很难应付，但通常我都自己做自己的事。这或许是玛莉亚·辛的关系，由于某种理由，她决定视我为一个有用的额外人手，而其他的人，包括小孩们，也都照她这么做。

或许她觉得自从由我负责洗衣服后，衣服变得比较干净比较白，或者自从由我负责买肉后，餐桌上的肉变得比较嫩，也可能是因为他对于干净的画室感到很满意。前两项是事实，最后一项我不知道。等到好不容易他终于开口对我说话时，谈的并不是我的打扫工作。

我很小心地把家人们对于家务质量改善的赞美转移到别的地方，不让大家觉得那是我的功劳。我不想树立敌人。如果玛莉亚·辛称赞肉嫩，我会表示那是因为坦妮基的厨艺佳；如果玛提格说她的围裙比以前白，我则说那是因为现在是夏天，阳光特别强。

我尽量避开卡萨琳娜，很明显地，从在我母亲的厨房里看到我切蔬菜的那一刻起，她就不喜欢我。怀孕并没有改善她的情绪，反而使她行动迟缓，一点也不像她自认为的那种优雅女主人。再加上夏天天气炎热，她肚子里的胎儿又特别好动，只要她一走动就开始踢，至少她是这么说的。随着肚子越来越大，她总是露出一副疲倦、痛苦的表情在屋里漫步。她起床的时间越来越晚，于是玛莉亚·辛接管了她的钥匙，每天早上为我打开画室的门锁。我和坦妮基开始接下越来越多她的工作——照顾女孩们、买家里的用品、替婴儿换尿布。

有一天趁着坦妮基心情好，我问她为什么他们不多请几个用人，让自己轻松点。“屋子这么大，夫人又这么有钱，还有主人的画，”我补充，“他们怎么可能没钱多请一个女佣，或一个厨子？”

“哼，”坦妮基哼了一声，“他们连你都快请不起了。”

我惊讶极了——每个星期我手里拿的那一点铜板。我得要工作好几年才买得起像那件黄色罩袍一样华丽的东西，然而卡萨琳娜却只是把它随便折一折摆在柜子里。他们看起来实在一点也不像缺钱的样子。

“当然到时候等婴儿出生了，他们总会想办法筹钱请一个奶妈来几个月。”坦妮基又说，她听起来很不以为然。

“为什么？”

“让她来给婴儿喂奶。”

“太太不给她自己的宝宝喂奶？”我傻傻地问。

“她要是自己喂，也不会生这么多。如果你自己喂奶，你就不会有。”

“喔，”我发现自己对这种事情非常无知，“她还想生吗？”

坦妮基咯咯地笑。“有时候我觉得，她其实是比较想让屋子里塞满用人，可是又请不起，所以只好生一堆小孩来代替。”她压低声音，“主人画得太少，赚的钱不够请用人，你懂吧？通常嘛，一年画三幅，有时候只有两幅。这样赚不了钱。”

“他不能画快一点吗？”尽管嘴里这么问，我很清楚他不会，他会始终依照自己的速度来作画。

“夫人和年轻太太有时会为这一点意见不合，年轻太太要他多画一点，可是我夫人说速度会害了他。”

“玛莉亚・辛说得很有道理。”我慢慢学到在坦妮基面前我也可以发表意见，只要在话中直接或间接地赞美玛莉亚・辛。坦妮基对她的女主人极为忠诚，相反地，她对卡萨琳娜一点耐性也没有，当她心情好的时候，她还会指导我如何应付她。“不要理她说了什么，”她给我忠告，“听她讲话的时候脸上不要露出任何反应，听完之后照着你自己的方法，或是我夫人或我告诉你的方法去做事。她永远不会去检查，永远不会注意。她命令我们只是因为她觉得这是她的责任，不过大家都知道谁才是我们真正的女主人，她也知道。”

虽然坦妮基时常对我脾气暴躁，我学会不要把它放在心上，因为她的情绪也不会维持多久。她的情绪改变得很快，或许是因为这么多年来一直夹在卡萨琳娜跟玛莉亚・辛中间，尽管坦妮基信心十足地说不要理会卡萨琳娜的话，她自己却没有真的这么做。卡萨琳娜严厉的语调让她害怕，而且就算玛莉亚・辛再公平，也不会在卡萨琳娜面前为坦妮基说话。我从来没听过玛莉亚・辛责备她女儿任何事，尽管有时候卡萨琳娜真的需要被骂一骂。

坦妮基处理家务的能力也是个问题，也许她的忠诚弥补了她理家的邋遢——角落没擦到、肉外表烤焦了里面还是生的、水壶没刷干净。我无法想象当她试着打扫他的画室时，会把它弄成什么样。虽然玛莉亚・辛很少斥责她，但她们两个都知道她该骂，这样的关系使坦妮基变化无常，随时准备好为自己辩护。

我慢慢地看清楚尽管玛莉亚・辛言辞尖锐，她对待身边亲近的人却很温和，她的批评没有表面上听起来的那么严苛。

四个女孩中，可妮莉亚是最难以捉摸的，从第一个早上她的行为就看得出来。莉莎白和爱莉蒂两个都是安静、乖巧的女孩。玛提格年纪比较大，已经开始学习屋子里的规矩，也懂事得多——虽然偶尔她脾气一来，也会如她母亲那样对我发火大叫。可妮莉亚不会发火，但她时常难以管教，甚至我第一天用玛莉亚・辛会生气这一招来恐吓她，也不是每次都管用。她可以前一秒钟活泼又可爱，然后下一秒钟马上变了个样，就像一只看似温顺的猫，会冷不防地反咬抚摸它的那只手。虽然和姊妹们感情很好，但她仍会不假思索地用力捏她们一把，把她们弄哭。我提防着可妮莉亚，没有办法像对其他的女孩那样喜欢她。

打扫画室的那段时间我才得以逃离她们。有时玛莉亚・辛帮我开门后，她会在那里待几分钟检视画作，仿佛它是一个生病的小孩需要她的照顾。不过一旦她离开之后，整个房间就是我的了。我环顾四周看东西有没有变动，刚开始一天又一天地过去，房间看来始终如一，但等我的眼睛习惯了室内的每一件物品后，我开始注意到一些小变化——橱柜上的画笔重新排过、柜子的一个抽屉没关紧、画刀平躺在画架下方凸出的板子上、门边的椅子被移开了一点。

然而，他所画的那个角落没有丝毫改变。我小心翼翼地不去更动任何物品，很快地，等我熟练自己发明的测量方法后，我几乎可以像清理房间其他部分一样迅速而从容地打扫那个区域。接下来，先在另一块布上实验过之后，我开始去清洁那团深蓝色的布和黄色的窗帘，我拿一块湿抹布在上面轻轻按压，只沾起灰尘而不弄乱它们的折痕。

无论我多么认真地寻找，画中似乎没有半点改变。终于有一天我发现女人的项链上多了一颗珍珠；另一天，黄色窗帘的阴影扩大了些，我还察觉她右手有几根指头移动了位置。

那件丝绸罩袍开始看起来越来越像真的，我很想伸手去摸一摸。

凡路易文太太把它留在床上的那天我差点就摸到实物，我才伸出手要抚摸衣领上的那圈毛皮，抬头就看见可妮莉亚站在门口，望着我。若是其他的女孩一定会问我在干什么，然而可妮莉亚只是看着，这比任何问题都让我难堪。我垂下手，她微微一笑。

在屋子里工作几个星期后，有一天早上玛提格缠着要跟我去鱼市。

她喜欢跑过市集广场，东看看西看看，拍拍马儿，加入其他小孩的游戏，到各个摊位试吃熏鱼肉。当我在拣选鲱鱼的时候她戳戳我的肋骨，大叫：“看！葛里叶，看那个风筝！”

头顶上的风筝形状像条鱼，拖着长长的尾巴，迎着风仿佛在空气中游泳，周围还有一群海鸥盘旋飞舞。我微微一笑，然后看见阿格妮丝在我们附近徘徊，她的眼睛盯着玛提格。我一直没有告诉阿格妮丝屋里有个女孩跟她同样年纪——我想如果她知道的话会很难过，会觉得有人取代了她。

有时候当我回家看家人时，会觉得无论跟他们说什么都不适合。我的新生活逐渐取代了旧的生活。

阿格妮丝望向我，我轻轻摇头小心不让玛提格看到，然后转过身去把鱼放进菜篮。我故意拖时间——我不能忍受看到她脸上受伤的表情。我不知道如果阿格妮丝开口对我说话，玛提格会有何反应。

等我转过身来，阿格妮丝已经走了。

下星期天再看到她时，我得好好向她解释，我心想。如今我有两个家庭，它们不能搞混。

我永远无法原谅自己转身背弃自己的妹妹。

卡萨琳娜气喘吁吁地出现在后院时，我正在晾衣服，我先把每一件洗好的衣服用力甩平，然后再平整地挂上晒衣绳。她在门边的椅子上坐下来，闭上眼睛叹了口气。我继续手边的工作，好像她坐在旁边是件再自然不过的事，然而我的下颚紧绷了起来。

“他们走了没?”她突兀地问。

“谁？太太。”

“他们，你这蠢家伙。我先生和——去看看他们上楼没。”

我蹑手蹑脚地走进长廊，只见两双脚正爬上楼梯。

“你行吗?”我听到他说。

“可以，没问题。你知道它没多重，”回答的是另一个声音，低沉得地像井底的回声，“只是有点累赘。”

他们爬上楼梯顶走进画室，我听见关门的声音。

“他们走了没?”卡萨琳娜细声问。

“他们在画室里，太太。”我回答。

“太好了。来扶我一把。”卡萨琳娜伸出手，我拉她站起身，我想象不出等她肚子再变得更大时要怎么走路。她好像一艘涨满风的帆船滑进走廊，手里紧抓着腰间那串钥匙不让它们发出声响，然后隐没入大厅里。

稍晚之后，我问坦妮基为什么卡萨琳娜要躲躲藏藏。

“喔，因为凡利瓦伊欧在，”她吃吃笑着回答，“他是主人的朋友，她怕死他了。”

“为什么?”

坦妮基笑得更大声。“她摔坏了他的箱子！她去看箱子里面结果把它撞倒了，你知道她有多笨手笨脚。”

我想到在我母亲厨房里弹下地板的那把菜刀。“什么箱子?”

“他有一个木箱子，你朝里面看会——看到东西。”

“什么东西?”

“各种东西!”坦妮基不耐烦地回答，显然她并不想谈那个箱子。“年轻太太把它摔坏了，现在凡利瓦伊欧气得不想再见到她。这就是为什么主人不准她进画室，除非他也在那里，可能是担心她会把画给撞倒!”

隔天早上我查出箱子的作用，那天他对我说的事情我花了好几个月才搞懂。

我来到画室准备打扫时，发现画架和椅子被移到旁边。书桌被搬到它们原来的位置，上面的纸张已经清理干净。桌上放着一个储衣箱大小的木箱，箱子的一边附着一个较小的盒子，一个圆形的物品从里面凸出来。

我不清楚那是什么东西，但我也不敢去碰。我一边打扫一边不时朝它瞄上几眼，仿佛有可能突然间搞懂它的用途。我打扫完角落以及房间其他的部分，轻轻掸掉木箱上的灰尘，几乎没有用布触碰到它。我打扫了储藏室并拖了地，等所有的事都做完后我来到箱子前面，双手抱胸，绕着桌子仔细研究它。

尽管我背对着门，但忽然间我感觉到他就站在那里。我不确定是该转身或是等他说话。

他想必是动了一下，门发出吱呀的声响，我顺势转过身来面对他。他倚着门框，身上穿着一件黑色的长袍罩在家居服外，好奇地注视着我，不过似乎并不担心我会弄坏他的箱子。

“你想看看里面吗?”他问。自从好几个星期以前他问我蔬菜的事情后，这是他第一次直接对我说话。

“想，我想看，先生。”我也搞不清楚自己到底同意了什么事就回答，“这是什么?”

“这叫暗箱。”

这两个字听在我耳朵里没什么意义。我站到一旁去，看着他解开一个钩锁，把箱顶掀开。箱子顶部是由两片木头用铰链相连组合成的，他掀起其中一片盖子，只打开到一半然后就用东西撑住，使它不会掉下来。盖子下面有一小片玻璃。他倾身向前，朝半开的箱子缝里瞥去，接着伸手碰了碰小盒子尾端那个圆圆的东西。他好像在看什么，虽然我想象不出箱子里能够有什么东西这么吸引他的注意。

他直起身，凝视着我刚才仔细清理过的角落，然后走过去关上中间窗户的百叶窗，现在整个房里只有从角落窗户透进来的光线。

接着他脱下长袍。

我不自在地把身体的重心移到另一只脚上。

他摘下帽子，放在画架旁的椅子上，然后把长袍拉过来罩在头上，再度倾身靠向木箱。

我退后一步，朝身后的房门瞥了一眼。虽然卡萨琳娜这阵子绝不会想要爬上楼梯，但如果玛莉亚·辛、可妮莉亚或是任何人看到了这个情景，我实在不知道他们会怎么想。我回过头来，努力让目光停留在他的鞋子上，鞋子又光又亮，因为我昨天才擦过。

终于，他直起身体，褪下覆盖在头上的长袍，他的头发乱乱的。“喔，葛里叶，我把它调整好了，现在你来看看。”他往旁边站开一步，比手势要我到箱子前面。我钉在原地不动。

“先生——”

“像我刚刚那样把长袍盖在头上，这样影像会比较清楚。还有，你要从这个角度去看，东西才不会上下颠倒。”

我不知道该怎么办，想象自己覆盖在他的长袍下，什么都看不见，而他在一旁注视着我，这让我感到一阵晕眩。

但他是我的主人，他说的话我本来就该服从。

我一抿唇，踏步走向木箱，来到盖子被掀开一半的那一端。我弯下身，望进嵌在里面的一片雾白色玻璃，玻璃上很模糊地画着什么东西。

他轻柔地把他的长袍披在我头上，让黑布遮盖所有的光线。长袍仍残留着他的体温，散发出一股红砖墙曝晒在太阳下的气味。我伸出双手扶着桌子，稳住自己，然后闭上眼睛。我感觉自己仿佛晚上喝了一杯麦酒，喝得太猛太急。

“你看到什么?”我听到他说。

我睁开眼睛，看见那一幅画，只不过画中没有那个女人。

“噢!”我猛然直起身体，头上的长袍滑落地面，我望着箱子后退一步，脚踩在布上。

我急忙抽腿。“先生，对不起，我等一下会把它洗干净。”

“别管那件袍子。葛里叶，你看到什么?”

我吞了一口口水。我不但一头雾水，而且有点害怕。箱子里的东西是魔鬼耍的把戏，或是某种我所不了解的天主教仪式。“我看到您的画，先生。只不过那位女士不在里面，而且它比较小，还有，里头的东西——位置不一样了。”

“没错，投射在上面的影像上下颠倒，而且左右相反，这可以用镜子来修正。”

我不懂他在讲什么。

“可是——”

“怎么样?”

“我不懂，先生。它是怎么跑到那里去的?”

他拾起长袍，拍掉尘土，他的嘴角泛着微笑。他微笑时候的脸像一扇开启的窗户。

“你看到这个东西了吗?”他指着小盒子前端的那个圆形物体，“这叫镜头，是由一片特别切割的玻璃做成的。当光线从那个地方——”他指向角落——“透过它射进箱子里时，会投射出影像，这么一来我们就可以在这里看到。”他敲敲那块雾白色的玻璃。

我睁大眼睛用力盯着他看，想搞懂这是什么意思，以至于我的眼睛开始发痛流泪。

“先生，什么是影像？这个词我不懂。”

他脸上的表情起了变化，仿佛刚才他一直都望向我身后的景物，而现在把目光移到了我身上。“影像是一张图，就像一幅画一样。”

我点点头，心里非常希望他觉得我能够明白他所说的话。

“你的眼睛很大。”然后他说。

我一阵脸红。“别人也这么说，先生。”

“你还想再看一次吗?”

我并不想，但我知道自己无法拒绝，我想了一会。“先生，我想再看一次，但除非是我自己一个人看。”

他有点惊讶，但接着又觉得有趣。“好吧，”他说，把长袍递给我，“我过几分钟再回来，进门前我会先敲敲门。”

他离开房间，并随手把门带上。我紧捏着他的长袍，双手微微发抖。

一开始我本来想只要假装一下，然后再告诉他我看过了，这样就好。不过他会知道我说谎。

而且我很好奇。没有他在旁边注视着，我比较能够好好地研究。我深吸一口气，探头望进箱内，玻璃上淡淡地映着角落的摆设。等我把长袍拉上来盖过头顶后，这时他所谓的影像就变得越来越清晰——桌子、椅子、角落的黄色窗帘、挂着地图的后墙、桌上闪闪发亮的陶罐、白锡碗、粉刷、信件。它们全都在那儿，排列在我眼前那片小小的平面上，形成一幅不是画的画。我小心翼翼地伸手触碰——玻璃光滑而冰凉，上面没有丝毫油料。我拿下长袍，影像虽然还在那里，但又变得模糊。我再把长袍拉过头顶，盖掉四周的光线，眼见闪烁着珠宝光泽的颜色又再度浮现。比起原本在角落的样子，在玻璃上它们看起来甚至更为明亮而鲜艳。

就好像第一次见到画中试戴珍珠项链的女人时，我移不开自己的目光，现在我也无法停止一直盯着箱子里看。听到敲门声后我才猛然惊醒，刚好来得及在他走进来前站直身子，让长袍滑落肩膀。

“葛里叶，你看了吗？你仔细看了吗？”

“我看了，先生，可是我不是很确定自己看到了什么。”我拉平我的包巾。

“很不可思议，对不对？我朋友第一次拿给我看的时候，我也和你一样吓了一跳。”

“可是，先生，你为什么要看它？你看自己的画不就好了？”

“你不懂，”他敲敲木箱，“这是一项工具，它帮助我观看，让我能够作画。”

“但是——你可以用你自己的眼睛看呀。”

“没错，不过我的眼睛不见得能看到每样东西。”

我把目光投向角落，仿佛期待在粉刷的后面，或是从蓝布的阴影中，我的眼睛会意想不到地发现某些我以前不曾察觉的东西。

“葛里叶，我问你，”他继续说，“你觉得我只是把角落的物品单纯地复制到画上吗?”

我朝画望了一眼，回答不出来。我觉得他好像在耍我，不管我回答什么都会是错的。

“暗箱帮助我用另一种方法观看，”他解释，“使我看到的比原本更多。”

当他看到我一脸茫然的表情时，想必很后悔怎么会跟我这种人说这么多。他转过身，啪的一声关上箱盖。我褪下他的长袍，伸长手臂交给他。

“先生——”

“谢谢，葛里叶，”他一边接过来一边说，“你这里打扫完了吗?”

“先生，打扫完了。”

“那么，你可以走了。”

“谢谢您，先生。”我迅速收拾好我的清洁用具然后离开画室。房门在我身后咔的一声锁上。

我思考着他所说的话，思考着那个箱子如何帮助他看得更多。尽管我不明白为什么，但我知道他是对的，因为从他画的女人身上我看得出来，而他那幅台夫特风景，我所记得的部分，也透露了这一点。他看事物的眼光和别人不同，因此我住了一辈子的城市看起来像另一个地方，而脸上映着光线的女人变得迷人而美丽。

看过箱子里影像的第二天我回到画室，发现它已经不在那里了。画架被摆回原来的位置。我瞥向画布，之前我只发现微小的改变，但如今一眼就能看出更动——挂在女人身后墙壁上的地图被移走了，不在画中也不在墙角的布景里。墙壁现在是一片空白，这使画看起来更好、更简单，以泛着微褐色的白墙作为背景，女人的轮廓现在更为凸显。然而这个改变让我感到失落——太突然了，我没料到他会这么做。

离开画室后我整个人恍恍惚惚，在去往肉市的路上我没有像平常一样欣赏四周的景色，甚至以前认识的肉贩向我打招呼的时候，我虽然挥手响应，却没有停下脚步。

肉铺上只有小彼特一个人在照顾，那次见到他之后我又看到他几次，但每次他父亲都在场，他总是一个人站在后面，由彼特老爹管店。现在他开口："你好啊，葛里叶，我还在想你什么时候才会来呢。"

我认为这句话很蠢，因为我一直都是每天同样的时间来买肉。

他的眼睛没有直视着我。

我决定不去理会他的话。"请给我三磅炖汤用的牛肉。还有，前几天你老爸卖给我的香肠还有吗？女孩们很爱吃。”

“恐怕都卖完了。”

一个女人走过来站在我身后，排队等着，小彼特朝她看了一眼。“你能稍等一下吗？”他低声对我说。

“稍等一下？”

“我想问你一些事。”

我站开到一旁让他先招呼她。我实在不想这么做，尤其现在心里很烦的时候，但我别无选择。

等女人离开后肉铺又只剩下我们两个，这时他问：“你家住哪里？”

“奥兰迪克，天主教区那里。”

“不，不，*你的*家。”

我为自己说错话红了脸。“瑞耶佛运河过去，在库耶门附近。为什么要问？”

他的眼睛终于直直望向我。“有报告说那个地区发生了瘟疫。”

我后退一步，睁大眼睛。“已经实施隔离了吗？”

“还没，他们预计今天开始。”

之后我才想到他一定到处问别人关于我的事，如果他不是早就知道我家住哪，他绝对不会想到要告诉我这场瘟疫。

我不记得自己是怎么走回去的。小彼特想必替我把肉放进菜篮里，但我只知道我回到家把菜篮丢在坦妮基脚边，然后说：“我要见太太。”

坦妮基往菜篮里翻拣。“没有香肠，也没有别的可以代替！你在搞什么？马上给我回肉市买!”

“我要见太太。”我重复。

“这是干吗?”坦妮基露出怀疑的表情，“你做错了什么事?”

“我家人就要被隔离了，我一定得回家。”

“噢，”坦妮基的态度变得有点犹豫，“这我就不知道了，你得去问太太，她在我夫人那里。”

卡萨琳娜和玛莉亚·辛在耶稣受难室里，玛莉亚·辛正抽着她的烟斗，一见到我进来她们停下对话。

“什么事，女孩?”玛莉亚·辛咕哝着说。

“拜托您，太太，”我对卡萨琳娜说，“我听人说我们家那条街可能会实施疫区隔离，我很想回去看看家人。”

“什么？然后把传染病一起带回来?”她一口拒绝，“当然不行，你疯啦?”

我望向玛莉亚·辛，这让卡萨琳娜更加生气。“我已经说不行了，”她斩钉截铁地说，“是我来决定你可以做什么不可以做什么，你难道忘了吗?”

“没有，太太。”我垂下眼睛。

“除非安全了，不然你星期天也不准回去。好了，现在出去，我们有事情要谈，你别在这里晃来晃去。”

我把洗涤衣物拿到后院，背对着门坐在外头，这样我就不用看到任何人。洗到玛提格的连身裙时我忍不住哭了。当玛莉亚·辛的烟味从身后传来时我擦干眼睛，但没有转头。

“别傻了，女孩，”玛莉亚·辛在我背后平静地说，“你帮不了他们，而且你得救你自己。你是个聪明的女孩，你可以明白这一点。”

我没有回答。过了一会我不再闻到她的烟味。

第二天早晨，当我在扫画室地板的时候他走了进来。

“葛里叶，我听说了你家里的不幸，我很难过。”他说。

我握着扫帚抬起头，他的眼里含着关怀，我觉得我可以问他。“先生，我能不能问您，已经实施隔离了吗？”

“是的，昨天早上开始。”

“谢谢您告诉我，先生。”

他点点头，就在他要离开前我开口问：“先生，我能不能问您别的事情？关于那幅画。”

他在门口停住。“怎么？”

“当你看箱子里面的时候，它告诉你拿掉画上的地图吗？”

“是的，”他的表情变得全神贯注，像一只鹳鸟盯上了眼前的一条鱼，“少了地图你喜欢吗？”

“现在这幅画看起来更好了。”要是在别的时候我不认为自己敢这么说，然而我家人面临的危险处境让我什么都不在乎了。

他微微一笑，我不由得握紧了扫帚。

接下来的日子我根本没办法好好工作，我担心我的家人，而不是要把床单洗得多白、把地板扫得多干净。以前从来没有人说过我的家事做得多好，但现在每个人都注意到我的散漫。莉莎白抱怨她的围裙上还有脏污；坦妮基嘀咕我扫地时扬起一堆灰尘，落到煮好的菜上；卡萨琳娜好几次对我破口大骂——因为我忘了熨她衬衣的袖子、把鲱鱼买成鳕鱼、心不在焉让火熄了。

当玛莉亚·辛在走廊里和我擦身而过时，她咕哝着说："稳着点，女孩。"

只有在画室里我才能够如以往一样打扫，保持他所要求的精细标准。

到了第一次不准回家的星期天，我不知道要干什么，我不能到我们的教堂，因为它也在隔离区里。可是我也不想待在屋子里——不管天主教徒星期天做些什么，我就是不想和他们在一起。

他们出门到马伦港附近的耶稣会教堂做礼拜。女孩们穿上漂亮的洋装，连坦妮基也换上一件黄褐色的羊毛连身裙，把约翰抱在手里。卡萨琳娜挽着她丈夫的手臂，缓慢地走着。玛莉亚·辛锁上身后的大门。我站在屋子前的地砖上，望着他们从眼前消失，思考着该怎么办。钟声从我前方的新教教堂响起，一声一声敲着现在的时刻。

我是在那儿受洗的，我心想，他们当然会让我进去参加礼拜。

我蹑手蹑脚地走进宽敞的大厅，像一只小老鼠偷溜进一个有钱人的豪宅。教堂里阴冷而潮湿，光滑的圆柱拔地而起，我上方的屋顶高耸无比，几乎就像是天空。牧师讲坛的后方是一座华丽的大理石棺墓，里面躺着奥兰治的圣威廉。

我没看见任何一个认识的人，只看到人们穿着端庄的衣服，质料和剪裁精细而华美，我这辈子不可能有机会穿。我躲在一根柱子后面聆听礼拜，然而却紧张得什么都听不进去，只怕有人会过来问我在这里做什么。礼拜结束后，我在别人走近之前迅速溜出大门。我沿着教堂走，望向运河对岸的房子，大门仍然紧闭上锁。天主教的礼拜显然时间比我们的更长，我想。

我朝我家的方向走下去，直到一道由士兵看守的围栏挡住了我的去路。围栏后面的街道看起来一片平静。

“后面那边的情形怎么样?”我问那位士兵。

他耸耸肩，没有回答。在斗篷和帽子下他看起来很热，虽然天空中没有太阳，但空气温暖而窒闷。

“名单出来了吗？死亡的名单?”这几个字我几乎说不出口。

“还没。”

我并不惊讶——名单总是迟迟才发布，而且通常都不完整，口耳相传往往更为准确。“那你知道——你有听说瓷砖匠强恩——”

“里面的人的事情我都不知道，你只能等。”这时又有其他人带着相同的问题朝他走近，士兵转身离开。

我走到另一条街上，询问看守另一道围栏的士兵。虽然他的态度较为友善，但也无法告诉我家里的情况。“我可以帮你打听，可是不是没有代价的。”他微笑着补充，然后从头到脚打量了我一番，让我知道他指的不是钱。

“你好不要脸，”我脱口而出，“想占可怜人的便宜。”

但他好像并不觉得丢脸。我忘了当士兵见到年轻女人时，脑袋里想的只有一件事。

回到奥兰迪克后我发现房门已经打开，让我松了口气。我溜进屋里，整个下午都躲在后院读我的祈祷书。晚上我告诉坦妮基我胃痛不想吃饭，然后空着肚子爬上床。

在肉铺那里，小彼特趁他父亲忙着招呼别的客人的时候把我拉到一旁。“你有你家里的消息吗？”

我摇摇头。“我什么都问不出来。”我避开他凝视的眼睛。他的关心让我觉得仿佛我刚跨步下船，整个地面在我脚下摇晃。

“我会替你问。”彼特说，他的语气让我很清楚自己无法跟他争辩。

“谢谢。”好一会之后我才说。如果他真的问出了什么，我不知道我该怎么办，他并不像那位士兵一样要求任何回报，但我将欠他一份人情。我不想欠任何人人情。

“可能要花上几天时间。”彼特低声说，然后转过去把一片牛肝递给他父亲。他在围裙上擦了擦手，我点点头，眼睛看着他的手，指甲缝中积满了血。

不久后我就会习惯这个景象，我心想。

我开始期待每天的出门采买，甚至超过了对打扫画室的喜爱。不过同时我也很害怕，尤其当小彼特从手边的工作抬起头来，看到我的那一刹那，我总要从他的眼睛里寻找线索。我想知道答案，然而矛盾的是，只要我不知道，就可能有希望。

接下来的几天，当我到他的摊子上买肉，或是买完鱼顺路经过他的摊子时，他都只是摇摇头。然后有一天他抬起头来，接着移开视线，我就知道他要说什么了。我只是不知道是谁。

我得等他招呼完其他的客人，我觉得很不舒服，很想坐下来，但地板上斑斑点点地溅着血迹。

终于，小彼特解下围裙走了过来。“是你妹妹，阿格妮丝，”他轻柔地说，“她病得很重。”

“我爸妈呢?”

“他们很好，至少目前是这样。”

我没有问他冒着多大的危险才帮我打听出这个消息。“谢谢，彼特。”我低声说，这是我第一次称呼他的名字。

我看进他的眼睛，他的眼里有一股温柔。除此之外，我还看到我所惧怕的东西——期待。

* * *

星期天我决定去找我弟弟，我不确定他对疫区隔离或是阿格妮丝的事情知道多少。我一早就离开屋子，走路去找他，他的工厂位于城墙之外，离鹿特丹门不远的地方。我到的时候法兰还在睡，门口的女人听到我问起他，笑着回答："他还要睡好几个小时。这些学徒啊，星期天都睡一整天，他们休假就是这样。"

我不喜欢她的语气，也不喜欢她所说的事。"麻烦你叫醒他，跟他说他家人来找他。"我要求，听起来有点像卡萨琳娜。

女人扬起了眉毛，"我还不知道法兰原来是从这种高贵人家来的，跟他们讲话只看得到他们的鼻孔。"她走进里面，我怀疑她会不会根本懒得去叫醒法兰。我坐在一堵矮墙上等待，有一家人朝着教堂的方向从我面前走过——一群小孩，两男两女，跑在父母前头，就和我们家人以前一样。我望着他们，直到他们走出视线之外。

最后法兰出现了，他揉着眼睛一脸睡意。"喔，是你，葛里叶，"他说，"我不知道是你还是阿格妮丝，不过我猜阿格妮丝自己一个人不可能走这么远。"

他不知道。我不能瞒着他，更无法心平气和地告诉他。

“阿格妮丝染上瘟疫病倒了，”我冲口而出，“上天保佑她和爸妈。”

法兰揉着脸的手停住了，他的眼睛红红的。

“阿格妮丝?”他茫然地重复，“你怎么知道这件事?”

“有人帮我打听到消息。”

“你没去看他们?”

“那儿已经被隔离了。”

“隔离？什么时候有这回事?”

“十天前开始的。”

法兰愤怒地摇头。“我什么都没听说！每天就蹲在这个工厂里，没完没了，眼前只有一堆又一堆的白瓷砖，我实在快要抓狂了。”

“你现在该担心的人是阿格妮丝。”

法兰郁郁不乐地垂着头。几个月不见，他又长高了，声音也变得低沉了些。

“法兰，你都上教堂吗?”

他耸耸肩，我不敢再问下去。

“我现在要去为他们祷告，”我改口说，“你要跟我一起来吗?”

他并不想，但我设法说服他——我不想再独自面对一个陌生的教堂。我们在不远的地方找到一间，尽管礼拜没有平抚我心中的忧虑，但我仍非常认真地为家人祷告。

之后我与法兰沿着斯奇河走，我们很少交谈，但彼此都知道对方心里在想什么——我们都没听说过有谁在瘟疫中康复的。

一天早上当玛莉亚·辛为我打开画室门时，她说："好啦，女孩，今天把那个角落清掉。"她指了指他作画的那个区域。我不明白她的意思。"桌上的东西都应该放进储藏室的柜子里，"她继续说，"除了碗和卡萨琳娜的粉刷，这我会拿走。"她穿过房间来到桌边，随手拿起两件我花了好几个星期小心摆设的物品。

当玛莉亚·辛看到我的脸时她笑了。"别紧张，他画完了，现在他不需要这个了。你这里收完后记得把椅子擦一擦，拿到中间窗户旁边摆好。还有，把百叶窗打开。"她把白锡碗环抱在怀里，然后走出画室。

没有了碗和刷子，桌面变成一幅我不认得的画。信、布、陶罐毫无意义地散落在那里，好像某个人随随便便把它们放在桌上。就算是这样，我仍然难以想象去移动它们。

我搁下这里，先去做其他的工作。我打开所有的百叶窗，整个房间亮了起来，变得有点陌生。接着我清扫并擦拭每个角落，唯独避开那张桌子。我在画前看了一会，试着找出上面有什么不同之处，使它现在可以被称为成品。过去好几天来，我没有看到画上有任何改变。

我还在思索这个问题的时候他走了进来。"葛里叶，你还没收拾好。赶快动手——我是来帮你搬桌子的。"

“对不起，我动作这么慢，先生。只是——”他似乎有点惊讶我有话要说——“因为我太习惯看到那些东西放在那里，所以实在不愿意动它们。”

“我懂了，那么，我来帮你。”他拎起桌上的蓝布，然后递给我。他的手很干净，我接过布，没有碰到他的手，然后把它拿到窗边去抖一抖，最后把布折好放进储藏室的柜子里。等我回来时，他已经收起信和黑陶罐并放进柜子里。我们把桌子搬到房间的一边，接着我把椅子在中间窗户边摆好，而他则把画架和画移到布景摆设的角落。

看到画被放在它所画的场景里感觉很奇怪。整个感觉都很奇怪，在好几个星期的沉寂和静止之后，突然间有了这么大的移动和改变。这不像他。我没有问他为什么，我想看看他，猜测他在想什么，但我的眼睛只是盯着扫帚，看着自己清扫着被蓝布扬起的灰尘。

他走了，我很快打扫完毕，不想在画室久留，这里不再能给我安慰。

那天下午凡路易文与他太太一起来访。我和坦妮基坐在门口的长椅上，她正在教我怎么补袖口的花边。女孩们跑去市集广场玩，她们在新教教堂附近、我们从这里看得到的地方放风筝。玛提格抓着绳子的尾端，可妮莉亚扯着风筝，用力把它拉上天空。

远远地我看到凡路易文夫妇朝这里走来，等他们接近后，我认出她就是画里面以及曾与我打过照面的那位女士，而他则是留着八字胡、头戴白羽毛装饰的帽子、皮笑肉不笑、有一次护送她到门口的那位男士。

“坦妮基，你看，”我悄声说，“那是每天欣赏你的画像的那位绅士。”

“噢!”坦妮基一看到他们，顿时满脸通红。她一边伸手拉平包巾和围裙，一边细声说：“进去告诉太太他们到了!”

我跑进屋内，在耶稣受难室里找到玛莉亚·辛与卡萨琳娜，她们正在那陪着熟睡的婴儿。“凡路易文夫妇已经到了。”我说。

卡萨琳娜和玛莉亚·辛摘下帽子，抚平衣领。卡萨琳娜伸手扶着桌子，把自己撑起来。她们走出房间时，玛莉亚·辛伸出手替卡萨琳娜把头上其中一只玳瑁梳子扶正，这些梳子只有遇到特殊场合她才会佩戴。

她们走到前厅迎接客人，而我则在走廊里静待。当他们走到楼梯口时，凡路易文瞥见我，他停了下来。

“唔？这是谁?”

卡萨琳娜对我皱了皱眉。“只是我们的一个女佣。坦妮基，麻烦替我们拿点酒到楼上。”

“叫这大眼睛的女佣拿来吧，”凡路易文下命令，“来吧，亲爱的。”他对他已经踩上阶梯的妻子说。

我与坦妮基并排站在一起，他对我的特别注意使她闷闷不乐，使我紧张害怕。

“那么就快去!”卡萨琳娜朝我叫道，“你听到他的话了，去拿酒上来。”跟在玛莉亚·辛后头，她费力地拉着自己沉重的身体爬上阶梯。

我到女孩们睡的小房间里，找到了收在那里的玻璃杯，拿出五个用围裙擦亮，摆放在一个托盘上。接着我到厨房里找酒，我不知道酒放在哪里，因为他们并不常喝。坦妮基又生气地不知跑到哪里去了，我不能问她。我很担心他们把酒锁在橱柜里，因为这么一来我就得到大家面前向卡萨琳娜要钥匙。

幸好，玛莉亚·辛想必是预先考虑到这一点，她在耶稣受难室里留了一个白色的细颈壶，壶上盖着白锡盖子，里头盛满葡萄酒。我把壶放在托盘上，然后学她们一样拉平包巾、衣领及围裙，才端着酒上楼到画室。

我进门时他们正围绕着画站立。“又是一幅珍宝，”凡路易文嘴里说着，“你满意吗，亲爱的?”他问他太太。

“当然。”她回答。光线透过窗户映在她脸上闪闪发亮，她看起来几乎称得上美丽。

墙边的桌子是我和主人今天早上搬过来的，我才放下托盘，玛莉亚·辛就过来了。“我来拿，”她悄声道，“你走吧，快点，马上。”

我在楼梯上听到凡路易文说：“那个大眼睛的女佣跑哪去了？已经走了？我还想仔细看看她呢。”

“喂，喂，她算什么!”卡萨琳娜装着开心大喊，“现在你想看的是这幅画。”

我回到前门的长椅，在不愿意跟我说话的坦妮基身旁坐下。我们一言不发地坐着，缝补袖口的花边，倾听从上方窗口飘出来的声音。

当他们再度下楼时我溜到马伦港的角落，倚着一面温暖的砖墙静静地等待，直到他们离去。

过了一会他们家里派来一位男仆役，他走上通往画室的楼梯。我没有看到他离开，因为这时女孩们已经回来了，吵着要我生火让她们烤苹果。

第二天早晨，画已经不在那里了，我没有机会看它最后一眼。

一天早上我来到肉市的时候，听见我前面的一个人说隔离已经解除了。我急忙赶到彼特的摊子，只见父亲和儿子都在那里，前面排了好几个客人等着买肉。我不理他们，直接走到小彼特面前。“你能不能快点先招呼我？”我说，“我要回家一趟。三磅牛舌和三磅香肠就好。”

他停下手边的事，正被他招呼的老太太发出愤怒的声音，他不理她。“我猜要是我也一样年轻，只要对你笑一笑，你也会什么都依我。”当他把肉包好递给我时，她大声地嘲讽。

“她没有在笑。”彼特回答。他望了他父亲一眼，然后递给我一个较小的包裹。“给你家人。”他低声说。

我甚至没向他道谢——我抓过包裹，转身就跑。

只有贼和小孩才用跑的。

我一路跑回家。

我父母并排坐在长椅上，头低低地垂着。等我来到他们身边后，我拿起父亲的手，按在我泪水浸湿的脸颊上。我在他们身旁坐下，什么话都没有说。

没什么好说了。

接下来有一段时间，所有的事都昏暗而麻木。过去曾有意义的事情——洗涤衣物的干净洁白、每日的外出采买、安静的画室——失去了重要性，尽管仍在那里，但就像身体的伤口愈合之后留在皮肤下的硬块。

我妹妹死的时候正是夏末。那年的秋天特别多雨，我花了大部分的时间在屋里架竿子晾衣服，然后把它们移向火炉边，试着在衣服发霉前把它们烘干，但又不至于烤焦。

当坦妮基与玛莉亚·辛知道阿格妮丝的事后，她们对我温和了许多。坦妮基试着不要挑我毛病，但才没过几天，她很快地又开始骂人和生闷气，我只得反过来安抚她。玛莉亚·辛虽然没说什么，但每当卡萨琳娜对我刻薄的时候，她会打断她的女儿。

卡萨琳娜似乎完全不晓得我妹妹的事，或是她没有表现出来。随着她分娩的日子越来越近，她就如坦妮基之前预测的一样，大部分的时间都待在床上，而把婴儿约翰留给玛提格照顾，他最近开始学走路，正好让女孩们有得忙。

女孩们不知道我有一个妹妹，因此也不会理解我有可能会失去一个妹妹。只有爱莉蒂似乎察觉到发生了什么事，有时会过来坐在我身旁，身体紧挨着我，好像一只小狗把自己埋进母亲的长毛里取暖。她用这种简单的方式给我别人无法给予的安慰。

有一天我在后院晾衣服时，可妮莉亚走过来，递给我一个旧布娃娃。“这个娃娃我们现在不玩了，”她大声宣布，“连爱莉蒂也不玩了。你想把它送给你妹妹吗?”她睁大眼睛装着天真无邪，然后我明白她一定是偷听到有人提及阿格妮丝病死的事。

“不了，谢谢。”我只能这么说，这些字哽在我的喉咙里几乎出不了口。

她微微一笑，蹦跳着离开。

画室依然空空荡荡，他还没开始进行下一幅画。他大部分的时间都不在家，不是在公会就是去广场另一头的米杰伦他母亲的旅馆那里。我还是继续打扫画室，然而它变得像其他的工作一样，只是一间要扫要拖的房间而已。

当我到肉市采买时，我发现自己难以正视小彼特的眼睛。他的关怀让我痛苦，我应该要回应他的好心但我没有，我应该要受宠若惊但我并不觉得，我不要他的殷勤。我变得比较喜欢向他父亲买肉，他虽然爱开我玩笑，但除了要我称赞他卖的肉之外并不想从我身上得到什么。一整个秋天我们都吃上好的肉。

到了星期天我有时会去法兰的工厂，竭力说服他陪我回家。他回去过两次，让父母稍微开心一阵子。一年之前他们身边还有三个小孩，如今一个都不剩。当法兰和我都在家的时候，他们会想起过去的美好时光。有一次母亲甚至笑出声来，但她很快地停住，摇摇头说："上帝惩罚我们，因为我们以为我们的好运是应该的，我们一定不能忘记这个教训。"

回家变得不再轻松了。在隔离的那段时间里，我有几个星期天没有回家，再度回去之后，家却变成一个陌生的地方。我开始忘记母亲把东西收在哪里、火炉边排列的瓷砖长什么样子、每天不同时间的阳光是如何照射在屋子里。才几个月，比起我自己家里，我反而更能清晰地描述天主教区的房子。

尤其对法兰，回家更是一件困难的事。在工厂里辛苦地度过漫长的日夜后，他想要的是嬉闹和开怀大笑，或者至少是好好睡一觉。我想我好言好语哄骗他回去是希望能把我们家再结合起来，然而那是不可能的，自从父亲出事后，我们家就不再一样。

* * *

某个星期天当我从父母那里回来时，卡萨琳娜已经开始分娩了。我一踏进前门就听见她的呻吟，我朝大厅里窥探，里面比平常暗得多——为了给她多一点隐私，下方窗户的百叶窗全被拉下。玛莉亚·辛与坦妮基还有一个产婆都在那里，玛莉亚·辛看到我，对我说："去找女孩们，我赶她们去外面玩了。接下来不需要多久，你一个小时后再回来。"

我很高兴可以离开，卡萨琳娜叫得实在很大声，在这种情况下听她呻吟似乎不太好，而且我也知道她不会希望我在那里。

我到女孩们最喜欢的地方找她们——我们旁边转角卖家畜的牲口市场。我看到她们的时候，她们正在打弹珠以及互相追逐，婴儿约翰跌跌撞撞地跟在她们后面——他的脚步还不稳，一半用走的一半用爬的。这不是我们在星期天可以玩的那种游戏，不过天主教显然有不同的看法。

爱莉蒂玩累了，她过来和我坐在一起。"妈妈会不会很快生下宝宝?"她问。

"你外婆说她会，我们等一下就回去看他们。"

"爸爸会不会很高兴?"

"我想一定会。"

"现在多了一个宝宝，他会不会画图画快一点?"

我没有回答，卡萨琳娜的话从一个小女孩嘴里说出来，我不想再听下去。

我们回到家的时候他正站在大门口。"爸爸，你的帽子!"可妮莉亚大叫。女孩们跑上前去，试着摘下他头上象征做了新父亲的棉织帽子，帽缘的丝带摇摇晃晃地垂到他耳朵下方，他看起来既骄傲又尴尬。我很讶异，他以前做过五次父亲，我以为他已经习惯了。他实在没理由感到尴尬。

要那么多小孩的人是卡萨琳娜，接着我想，他还宁愿独自待在画室里。

可是这也不完全正确，我知道小孩是怎么来的，他也必需参与，而他也一定参与得很心甘情愿。虽然卡萨琳娜非常难以相处，我时常看到他凝望着她、轻触她的肩膀、压低声音用甜腻的语调对她说话。

我不喜欢去想象这种样子的他，与妻子和孩子在一起的他，我比较喜欢想象他独自一人待在画室里。或许不是独自一人，而是单独与我在一起。

“女孩们，你们添了一个弟弟，”他说，“他的名字叫弗朗西斯。你们想看看他吗?”他带她们进屋，我则抱着约翰，留在外头的街道上。

坦妮基拉开大厅窗户的百叶窗，探出头来。

“太太好吗?”我问。

“喔，好得很。她虽然叫得鸡飞狗跳，可是其实根本没什么。她天生就是生小孩的料——好像栗子一样啪地就把小孩弹出来。进来吧，主人想要说感谢的祷告。”

虽然觉得很不自在，但我不能拒绝与他们一起祷告，新教徒在一次顺利的生产后也会这么做。我抱着约翰来到此时明亮许多而且挤满了人的大厅，我放他下来，他蹒跚地朝聚集在床边的姊姊们走去。围绕着床的帘幕已经被拉开，卡萨琳娜半倚着枕头，怀里抱着婴儿。尽管精疲力竭，她脸上却带着微笑，露出难得的喜悦。我主人站在她身旁，低头凝望他的新生儿子。爱莉蒂抓着他的一只手。坦妮基和产婆忙着清洗水盆、换掉沾血的床单，而新请来的奶妈则站在床边等着。

玛莉亚·辛从厨房过来，手里拿着托盘，上面摆了一些葡萄酒和三个玻璃杯。她放好托盘后，我主人放开爱莉蒂的手，跨一步移开床边，和玛莉亚·辛一起跪下。坦妮基和产婆停止手边的工作，跟着跪下，奶妈和小孩们还有我也跪了下去，约翰则哭叫着扭来扭去不让莉莎白拉他坐下。

我主人向上帝祷告，感谢他平安地送来弗朗西斯，并减轻卡萨琳娜生产的痛苦。他用拉丁文补充了一些天主教的祷告词，我听不懂，但我并不在乎——他的声音低沉而平缓，我喜欢听这种声音。

他结束之后，玛莉亚·辛倒了三杯酒，她与他以及卡萨琳娜举杯祝福婴儿健康。接着卡萨琳娜把婴儿交给奶妈，她把他放在自己的乳房上。

坦妮基对我示意，然后我们一同离开房间，去为产婆和女孩们准备面包和熏鲱鱼。“从现在起我们要开始准备庆生宴，”我们在摆放食物的时候坦妮基提道，“年轻太太喜欢铺张，我们又会像往常一样忙昏头。”

庆生宴是我在这间屋子里所目睹的最豪华的庆祝活动。我们有十天来准备，十天来打扫和做菜。玛莉亚·辛雇了两个女孩一个星期，要她们帮坦妮基准备食物，帮我打扫。分配给我的女孩脑筋迟钝，但只要我确确实实告诉她做什么，同时盯紧她，她也还做得不错。第一天我们清洗所有宴会需要的桌布及餐巾，无论它们干不干净，还有屋子里所有的衣物——衬衫、长袍、胸衣、领巾、手帕、帽子、围裙。隔天是床单。接着我们清洗所有的茶壶、玻璃杯、陶盘、水罐、铜锅、平底锅、铁烤架，以及烤肉叉、汤匙、长柄勺，还有特地向邻居借来开宴会的器皿。我们擦亮铜器、黄铜器以及银器，还拆下窗帘把它们拿到外面抖干净，然后拍打每一张垫子和地毯。我们擦亮床缘的木头、橱柜、桌椅、窗台，直到每件东西都泛出光泽。

一切都打扫完后我的双手干裂，流血。

一切都干净得合乎宴会的要求。

玛莉亚·辛特别订了羊肉、小牛肉、牛舌头、一只全猪，还有野兔、雉鸡、阉鸡和牡蛎、龙虾、鱼子酱以及鲱鱼，她还订了甜酒和最上等的麦酒，她还向面包师傅订了特别烘焙的甜点蛋糕。

当我把玛莉亚·辛的肉品清单交给彼特老爹时，他摩擦着双手。“也就是说，又多一张嘴要喂了，”他大声宣告，“我们更有生意啦！”

一块块圆形的干酪和包着一层红蜡的黄奶酪送来了，接着是朝鲜蓟、橘子、柠檬、葡萄和梅子，还有杏仁和榛果。甚至还有一个菠萝，那是玛莉亚·辛一位富有的表亲送来的礼物。我以前从没见过菠萝，然而它粗糙多刺的外皮也吸引不了我。不过反正也轮不到我吃，其他的食物也是一样，除非偶尔坦妮基给我们偷偷尝几口。她给我一小撮鱼子酱，让我尝尝奢华的味道，我虽然嘴里说好吃，但其实不太喜欢。我还试了一点甜酒，酒里添加了肉桂的辛香，非常好喝。

额外的泥炭和木材堆在后院，还有向邻居借来的铲子。后院里还放着一桶桶麦酒，送来的全猪也在那里烤。玛莉亚·辛雇了一个小男孩来看火，因为一旦我们开始烤猪，火就必须烧整个晚上。

在整个准备的过程中，卡萨琳娜始终待在床上照顾弗朗西斯，由奶妈来服侍，像只安详的天鹅。然而，她也像只天鹅一样有着长颈和尖喙，我小心地与她保持距离。

“她希望屋子里每天都可以像这样。”坦妮基咕哝地对我说，她正在炖野兔肉，我在她旁边煮开水准备洗窗户。“她要她周围每一样东西表面看起来都很有排场。我们的床罩女王！”我和她一起笑成一团，虽然我明白我不应该鼓励她嘲讽女主人，不过她这么做时我依然觉得很开心。

他刻意避开整个准备的过程，不是锁在他的画室里，就是躲到公会去。我只见过他一次，在宴会前三天，我和雇来的女孩正在厨房擦烛台时，莉莎白进来找我。“卖肉的来找你，”她说，“在大门外。”

我丢下抹布，在围裙上擦了擦手，然后跟着她走进长廊。我知道来的是儿子，他从没见过我在天主教区的样子。至少此时我的脸没有像平常一样，因为整天披挂冒着蒸汽的衣服而烫得粗糙通红。

小彼特把一辆拖车停在屋外，拖车里载满了玛莉亚·辛订购的肉品。女孩们纷纷朝里面好奇地张望，只有可妮莉亚看着别处。当我来到门口时彼特对我微微一笑，我保持冷静没有脸红。可妮莉亚正在观察我们。

不只有她，我感觉他出现在我身后——他在我之后走进长廊。我转头看他，然后知道他看见了彼特的微笑，以及彼特眼里的期待。

他把他的灰眼珠转向我，它们冷冷的没有感情。我觉得一阵晕眩，仿佛从地上站起来时起身太猛。我回过身去，彼特脸上的微笑有点黯淡下去，他看出了我的晕眩。

我觉得被夹在两个男人中间。这种感觉不是很愉快。

我站到一旁让我主人通过，他没有多说什么也没有多看一眼，径自转进马伦港。我和彼特沉默地望着他走远。

“这是你订的东西，”然后彼特说，“你要我放在哪里？”

那个星期天我回家探望父母，我不想告诉他们又有一个小孩出生了，我觉得那会让他们想起阿格妮丝的死。然而我母亲已经从市场听说了这件事，我只得向他们描述生产的情形、和他们家人一起祷告的过程，还有到目前为止我们如何为宴会做了一切准备。母亲很担心我的手，但我向她保证最辛苦的工作都已经结束了。

“画呢?”父亲问道，“他开始画下一幅了吗?”他总希望我能描述一幅新的画作给他听。

“没有。”我回答。上个星期我几乎没花什么时间在画室，那里毫无改变。

“或许他懒了。”母亲说。

“他才不会这样。”我马上接口。

“或许他不想用眼睛看。”父亲说。

“我不知道他想怎么样。”我尖锐的声音连我自己都没料到。母亲瞪着我，父亲则不自在地移动坐姿。

我没有再提到他。

庆生会当天，客人从中午开始陆续抵达，到了傍晚，屋里屋外聚集了大约一百多人，有的还挤到后院或街道上。被邀请的人各式各样都有——有富商，也有我们的面包师傅、裁缝、鞋匠、药剂师。邻居都来了，还有主人的母亲与妹妹，以及玛莉亚·辛的表亲。画家们也来了，还有其他公会的成员，还有凡利瓦伊欧，凡路易文和他太太也在这里。

甚至连彼特老爹也来了，他换掉他沾血的围裙，穿着干净的衣服。当我端着一壶加香葡萄酒经过他身边时，他微笑着对我点点头。“哎，葛里叶，”我倒酒给他的时候他说，“我儿子一定会吃醋我可以整个晚上和你在一起。”

“我想不会。”我含糊地说，非常尴尬，只好赶紧抽身离开他。

卡萨琳娜是众人目光的焦点，她身穿一件绿色的绸缎礼服，腰部的地方配合她尚未缩小的肚子做了一点修改。衣服外面她披着凡路易文太太在画图时穿的那件貂皮滚边的黄色罩袍。看到它围在另一个女人的肩膀上，感觉很奇怪，我不喜欢她穿这件衣服，尽管这当然应该由她来穿。她还戴上了珍珠项链及耳环，把金色的鬈发梳得漂漂亮亮。她很快地已经从生产的疲累中恢复过来，身体卸下了几个月来的一部分重担，整个人容光焕发，轻盈地在每个房间来回穿梭，喝酒，与客人说笑，点蜡烛，吩咐食物，把客人们召集到一起。只有当奶妈在喂弗朗西斯的时候她才停下来，小题大作地哄了他一番。

主人则安静得多。大部分的时间他都待在大厅的一角和凡利瓦伊欧聊天，不过他的眼睛时常跟随着在宾客中四处游走的卡萨琳娜。他穿着一件时髦的丝绒外套，头戴象征做新父亲的帽子，看起来轻松自在，但是对这个宴会不特别感兴趣。他不像他妻子一样喜欢热闹。

傍晚的时候，凡路易文趁我一手拿着蜡烛一手拿着酒壶穿过走廊时，走过来把我困在墙角。“啊，是大眼睛的女佣。”他大喊，朝我靠过来。“你好啊，小妞。”他一把抓住我的下巴，另一只手拉高我手里点亮的蜡烛照着我的脸。我不喜欢他看我的样子。

“你应该画她。”他转头对着肩膀后面说。

主人在那里，他一脸不悦，似乎想对他的赞助人说些什么，但又说不出口。

“葛里叶，再给我倒点酒。”彼特老爹忽然从耶稣受难室探出头来，朝我举着杯子。

“是的，先生。”我从凡路易文的手掌中抽回下巴，迅速走向彼特老爹。我可以感觉到背后有两双眼睛盯着我。

“噢，先生，对不起，酒壶空了，我马上去厨房再装满。”我匆忙离开，用身体挡住酒壶，不让他们发现它其实是满的。

几分钟后我再回来，只剩下彼特老爹留在那里，倚墙站立。“谢谢。”我为他倒酒的时候小声地说。

他对我挤了挤眼。“能听到你叫我先生就够本了，我以后想听也听不到了，对不对?”他举杯假装向我敬酒，然后一饮而尽。

宴会结束后，冬天降临，屋子里变得寒冷而单调。除了一大堆处理不完的打扫工作外，再也没有什么好期待的。女孩们变得很不听话，甚至连爱莉蒂也一样，老是想引起注意，而很少帮忙。玛莉亚·辛花更长的时间待在她楼上的房里。整个宴会里面一直都很安静乖巧的弗朗西斯因为受了一点凉，如今开始几乎停不住地大声哭喊，尖锐的哭声传遍整栋屋子——后院、画室以及地窖。令人惊讶的是，性情乖戾的卡萨琳娜对婴儿非常有耐心，不过，对于其他人她则嫌东嫌西，甚至连她丈夫也一样。

准备宴会的那段时间我试着把阿格妮丝从心里移开，然而现在，关于她的回忆反而比以往更为明晰地回到我脑中。如今我有时间来想，思念变得一发不可收拾。我就像只受伤的狗，舔舐着自己的伤口想清理干净，却反而让它更为恶化。

最糟的是，他在对我生气。自从那晚凡路易文把我困在墙角，或者甚至早在小彼特朝我微笑时开始，他就变得更为疏远。我似乎也比以前更常与他不期而遇。尽管他几乎都不在家——多半是为了摆脱弗朗西斯的哭闹——我好像总是在他要出门的时候来到大门口，在他上楼的时候走下楼梯，或是在他到耶稣受难室找玛莉亚·辛的时候正巧在那里扫地，有一天我外出替卡萨琳娜采买时甚至在市集广场遇到他。每一次他都会礼貌地点点头，然后让路给我通过，眼睛从不看着我。

我一定哪里冒犯了他，但我不知道自己做了什么。

画室变得同样地寒冷而单调。以前它让人觉得热闹而充满企图——那里是画作被创造的地方。如今，虽然灰尘一落下来就马上被我扫掉，它却只不过是一个空房间，除了积灰尘外没有任何用途。我不要它变成一个悲伤的地方，我想在那里寻找安慰，就如我以前一样。

一天早上玛莉亚·辛上来替我开门，却发现门锁已经开了。我们朝幽暗的房里窥视，只见他背向着门，头枕着手臂，趴在桌上熟睡。玛莉亚·辛退回来。“一定是因为婴儿哭声太吵所以上来的。”她喃喃地说。我试着再看一眼，可是她挡在门口，轻轻关上门。“让他在那吧，你可以晚点打扫。”

隔天早晨来到画室，我拉开所有的百叶窗，环顾室内想找找有什么我可以做的，有什么我可以触碰而不会冒犯他的，有什么我可以移动而不会被他发现的。每样东西都摆得整整齐齐——桌子、椅子、铺满书本和纸张的书桌、上头整齐排列着画笔和画刀的橱柜、靠墙而立的画架、边缘干净的调色板。画中用到的摆设物品不是被打包收回储藏室，就是拿回屋里继续使用。

新教教堂的钟开始鸣响报时，我走到窗边朝外看去，等钟敲完第六响时，我已经知道我要做什么。

我在火上热了一些水，拿了肥皂和几块干净的抹布回到画室，接着开始擦窗户。我必须站在桌子上才够得到最顶端的玻璃。

正当我擦到最后一扇窗户的时候，我听到他走进房间。我转过头，从左肩望向他，瞪大眼睛。“先生——”我紧张地开口，不确定该如何解释我擦窗户的冲动。

“别动。”

我僵住了，害怕自己一定是违背了他的心意。

“不要移动。”

他直直盯着我，仿佛忽然在画室里看到一个鬼。

“对不起，先生，”我说，手里的抹布跌进水桶里，“我应该先问您的。可是您最近并没有在画任何东西，而且——”

他一脸迷糊，然后摇摇头。“噢，你是说窗户。没关系，你可以继续你刚刚做的事。”

我实在不愿意当着他的面打扫，可是他又一直站在那里，我别无选择。我把抹布在水里洗了洗，拧干，然后重新开始里里外外擦拭窗户玻璃。

擦完了窗户，我后退一步检视成果。照进来的光线纯净而明亮。

他仍站在我身后。“先生，您满意吗?”我问。

“再转过头来看我一次。”

我顺从了他的要求。他正仔细研究着我，又再次对我感到兴趣。

“光线，”我说，“现在变干净了。”

“没错，”他说，“没错。”

第二天早上，桌子被搬到作画的角落，上面铺了一块红、黄、蓝交织的桌布。一张椅子靠墙摆放，墙上悬挂着一张地图。

他又开始了。

1665

父亲要我再一次描述他的画作。

“可是从上次到现在什么都没有变呀。”我说。

“我想再听一遍。”他坚持，他坐在椅子上，弯曲着身体靠近火炉。他的声音很像法兰小时候，当听到大家说炖锅里的食物吃完了时，他会有点任性地发出不满。三月让我父亲感到不耐烦，他等待着冬天结束、寒冷消退、阳光再出现。三月是个无法预料的月份，永远不确定会发生什么事。温暖的天气带来希望，直到冰雪和灰暗的天空再度笼罩这个城镇。

我是在三月出生的。

父亲失明之后，似乎更讨厌冬天。失明加强了他的其他感官，他敏锐地感觉到寒冷、闻到屋里室闷的空气，比我母亲更能尝出炖蔬菜的淡而无味。漫长的冬天让他煎熬难耐。

我很同情他，因此只要有办法我就会从坦妮基的厨房里偷拿一些点心给他——腌樱桃、杏子干、一条冷香肠，有一次是我在卡萨琳娜的橱柜里找到的一把干玫瑰花瓣。

“面包师傅的女儿站在窗边一个明亮的角落，”我耐着性子开始描述，“她面对着我们，可是眼睛朝右下方望着窗外。她穿着一件黄色和黑色的丝绒紧身上衣，一条深蓝色的长裙，戴一顶白色的包巾，包巾的两个尖角从她脸颊旁边垂到下巴下面。”

“就像你戴的包巾那样吗?”父亲问。虽然我每次都是这样形容她的包巾，他却从来没问过这个问题。

“对，跟我一样。如果你很仔细地看她的包巾，”我赶快补充，“你会看到他其实不完全把它涂成白色，而是掺杂着蓝色、紫色和黄色。”

“可是你说那是一顶白色包巾!”

“没错，那就是奇怪的地方。它是用很多颜色画的，可是当你看它的时候，你会觉得它是白的。”

“瓷砖画就简单多了，”父亲咕哝着，“你只用蓝色。深一点的蓝色描轮廓，浅一点的蓝色涂内容。蓝色就是蓝色。”

而瓷砖就是瓷砖，我心想，和他的画完全不同。我想让他了解白色不单是白色，这是我从主人那里学到的。

“她在做什么?”过了一会后他问。

“她一只手拿着放在桌上的白锡水罐，另一只手把窗户微微打开。她正打算拿起水罐，朝窗外倒水，可是她才做了一半就停下来，好像在发呆或是看街道上的东西。”

“是哪一样？”

“我不知道，有时候看起来像是在发呆，有时候又像在看东西。”

父亲靠回椅子，皱着眉头。“首先你说包巾是白的可是却不是画成白色，然后你又说女孩也许在做这件事或是另一件事，你把我弄糊涂了。”他揉着眉头仿佛头很痛。

“对不起，爸，我是想一五一十地把画形容给你听。”

“但是他的画到底是在讲什么故事？”

“他的画并没有要讲故事。”

他没有回答。一整个冬天他的脾气都很不好，如果阿格妮丝还在的话，她一定有办法让他开心，她总是很清楚怎么逗他笑。

“妈，我应该把暖脚炉点起来吗？”我问道，从父亲那里转开身子隐藏我的不悦。现在他眼睛看不见，只要他有心，很容易就能察觉别人的情绪。我不喜欢他没有亲自见过画就随便批评，或是拿他以前画过的瓷砖来做比较。我想告诉他只要他能够看一眼那幅画，他就会明白里面没有什么复杂的。尽管它没有在讲什么故事，但它仍是一幅让人移不开目光的画。

我和父亲说话的这段时间，母亲一直在旁边忙，一下子搅动炖锅、添柴火，一下子又摆杯盘、磨刀准备切面包。没等她回答，我拿起暖脚炉到后面存放泥炭的房间。我一边添泥炭，一边责备自己怎么可以对父亲生气。

我把暖脚炉拿回来，用炉火点燃，然后放到餐桌旁我们的椅子下。我牵引父亲来到他的椅子，母亲则从锅里舀出炖蔬菜，并为每个人倒麦酒。父亲尝了一口，皱起了脸。“你没有从天主教区那边带什么回来给这一坨烂糊加味吗?”他咕哝着说。

“我没办法，坦妮基老是挑我毛病，不让我到她的厨房去。”话才从我嘴里吐出我立刻感到后悔。

“为什么？你干了什么事?”父亲越来越想与我作对，有时候甚至会站在坦妮基那边。

我脑筋动得很快。“我打翻了他们最好的麦酒，一整瓶。”

母亲以责备的眼神望着我，我说谎总是瞒不过她。父亲若不是因为心情特别糟，他应该也能从我的声音察觉出异状。

不过，我的技巧也越来越纯熟了。

我要回去的时候，尽管外面在下雨，雨水又冷又急，母亲还是坚持陪我走一段路。等我们来到瑞耶佛运河，右转走向市集广场时，她说：“你就要十七岁了。”

“下星期。”我承认。

“很快你就不再是女孩了。”

“很快。”我望着雨滴落在运河水面，溅起一个一个圆形的涟漪。我不喜欢去想未来的事。

“我听人说肉贩的儿子对你有意思。”

“你听谁说的?”

她拍掉帽子上的雨水，抖了抖身上的披肩，算是回答。

我耸耸肩。“我相信他对我的意思跟他对其他女孩一样。”

我准备听她告诫，要我做个好女孩，不要丢我们家的脸。相反地她说：“对他和气一点，看到人家要高兴地笑一笑。”

她的话吓了我一跳，不过当我望向她的眼睛时，我看到了饥饿，而肉贩的儿子能提供她渴望的肉。这时我才明白为什么她会把尊严放在一边。

至少她没问我刚刚为什么说谎，我不能告诉他们坦妮基对我生气的原因。那个谎话是为了掩饰另一个更大的谎言，我越解释只会越不清楚。

坦妮基发现了每天下午当我应该在缝衣服的时候，其实是在做什么。

我在协助他。

一切是从两个月前开始的，那是弗朗西斯出生后没多久，一月的某个下午。天气非常冷，弗朗西斯和约翰都生病了，呼吸不顺又一直咳嗽。卡萨琳娜与奶妈在洗衣房的火炉边照顾他们，我们其他人则紧紧围坐在厨房的炉火边。

只有他不在那里，他在楼上，寒冷对他似乎没有影响。

卡萨琳娜走过来，站在厨房与洗衣房相通的门口。“谁替我去药剂师那里，”她朝我们宣布，脸烤得发红，“我要为男孩们买些东西。”她直接望着我说。

通常这类的采买最不可能会选我，去药剂师的药房不同于去肉贩或是鱼贩那里——弗朗西斯出生后，卡萨琳娜把这些工作继续留给我做。药剂师是一位受人敬重的医生，卡萨琳娜和玛莉亚·辛都很喜欢去拜访他，这种奢侈的任务轮不到我。虽然如此，在寒冷的天气里，任何外出跑腿的工作都会交给屋里最不重要的成员。

玛提格和莉莎白第一次没有吵着要跟。我裹上一件羊毛斗篷和披肩，一边听卡萨琳娜交待我向药剂师拿接骨木花干和款冬草药剂。可妮莉亚在旁边闲晃，看着我把披肩的一角塞紧。

“我可以跟你去吗?”她问，脸上带着老练的天真无邪对我微笑。有时候我会怀疑自己对她的评判是不是太严苛了。

“不行。”卡萨琳娜替我回答。“天气实在太冷了，我可不要又多一个小孩生病。你去吧，”她对我说，“快去快回。”

我费劲关上前门，然后走上街道。路上很安静——大家都很聪明地缩在家里。运河已经结冰，天色是恶劣的灰暗。一阵风吹来，我把鼻子埋进包住半个脸的羊毛披肩里，然后听见有人喊我的名字。我环顾四周，心想可妮莉亚跟来了。然而前门关着。

我抬起头，他打开了一扇窗户，探出头来。

“先生?”

“你要去哪，葛里叶?”

“去药剂师那里，先生。太太要我去，替男孩拿点东西。”

“你能不能也替我拿点东西?”

“当然能，先生。”忽然间风好像没那么刺骨了。

“等一下，我把它写下来。”说完他隐身不见，我在原地等着。过了一会他重新出现，丢下一个小皮囊。“里面的纸拿给药剂师，然后把他给你的东西带回来给我。”

我点点头，把袋子塞进披肩的折缝里，很高兴有这项秘密任务。

药房在库马克路上，往鹿特丹门的方向。虽然没多远，但我吸进去的每一口空气好像都冻结在我体内，因此等我推门走进药房时，已经说不出话了。

我从没来过药房，即使在帮佣前也没来过——我们所有的大病小病全由母亲包办。他的店面是个小房间，墙边排列着许多架子，从地面一直延伸到天花板。架上摆着各种大小的瓶子、浅盆和陶罐，每一个都整齐地贴上标签。我怀疑就算我看得懂标签上的字，也不知道容器里装的是什么。虽然寒冷消除了我大部分的嗅觉，四处仍然不时飘来我没闻过的气味，闻起来像是在森林里、藏在腐烂树叶下的什么东西。

我只见过这位药剂师一次，前几个星期弗朗西斯的庆生会他也来了。他身材瘦削，有点秃头，让我联想到巢中的雏鸟。看到我他很惊讶，因为没有人有勇气在这样的寒风中外出。他坐在一张桌子后，手肘边摆着一架天平，他等着我开口说话。

“我代我主人和太太来。”好不容易我的喉咙恢复温暖可以出声，我喘着气说。看到他一脸茫然，我补充道：“维米尔家。”

“啊，这个人丁旺盛的家庭好吗？”

“两个宝宝都生病了，太太需要接骨木花干和一瓶款冬草药剂，而我主人要——”我把皮囊递给他。他带着困惑的表情接了过去，不过当他看了纸条后他点点头。“骨黑和赭土用完了，”他喃喃念着，“这很容易补足。只不过，他以前从不找别人帮他来取颜料就是了。”他越过纸条眯眼看我。“他总是亲自来拿，真让人意外。”

我没有说话。

“那么，到后面火炉边坐一会，我去替你把东西找齐。”他开始忙碌地开罐子，抓一小撮干燥的花苞称重，把量好的糖浆倒进小瓶子里，然后小心地把东西用纸包好，用绳子绑紧。他把一些东西放进皮囊里，另外一些纸包则零散地摆在旁边。

“他需要画布吗？”他把一个罐子放回高架子上时，转头越过肩膀问。

“我不知道，先生。他只吩咐我拿纸上写的物品。”

“这实在让人意外，非常意外。”他上上下下打量着我。我站直身子——他的特别注意使我希望自己再高一点。“不过，毕竟天气太冷了，若非必要他也不会想出门。”他把纸包和皮囊交给我，并为我开门。走到街道上，我回头看，只见他透过门上的一个小窗望着我。

回到屋里，我先去找卡萨琳娜交给她零散的包裹。接着我赶到楼梯口，他已经下楼来并且在那里等着。我从披肩里拉出皮囊，递给他。

“谢谢，葛里叶。”他说。

“你们在干吗?”可妮莉亚在走道的远处注视着我们。

出乎我意料，他并没有回答她，只是转身再度爬上楼梯，留下我一个人面对她。

实话是最简单的回答，虽然告诉可妮莉亚实话常常让我觉得不自在，我永远不确定她会怎么利用它们。“我替你爸爸带一些画图用的东西回来。”我解释。

“他叫你去的吗?”

对于这个问题我的回答跟她父亲一样——我不理她，一边脱下披肩一边径自走向洗衣房。我不敢回答，我不想给他带来麻烦。这时我已经明白最好没有人知道我曾经替他跑腿。

我怀疑可妮莉亚会不会把她看到的事情告诉她母亲。尽管年纪小，她其实很精明，就像她外婆。她可能会搜集她手边所有的情报，谨慎地选择揭发的时机。

几天后她给我她的答案。

那是星期天，我在地窖里翻着我摆放东西的箱子，想找母亲织给我的一条领巾穿戴。我马上发现自己零星的几样东西被动过了——折好的领巾散开了，我的一件衬衣被揉成一团塞在角落，原本放在手帕里的玳瑁梳子落在一旁。然而我父亲给我的瓷砖却整整齐齐地包在手帕里，整齐地令我不得不起疑。我解开布包，瓷砖分成两块掉出来。瓷砖从中间断开，男孩和女孩就这么分成两块。现在男孩回过头什么也看不到，女孩独自一人，她的脸藏在帽子里。

然后我哭了。可妮莉亚绝对猜不到这样伤我有多深，如果她把我们的头和身体折断分开，我也不会这么难过。

* * *

他开始叫我做其他的事。有一天他请我在从鱼市回来的路上，去药剂师那里买亚麻籽油，我得把东西留在楼梯脚给他，这样才不会打扰到他和模特儿，至少他是这么说的。或许他知道玛莉亚·辛或卡萨琳娜或坦妮基——或可妮莉亚——可能会注意到我在非打扫的时间上楼到画室。

要在这间屋子里守秘密并不是一件容易的事。

另一天他叫我向肉贩要一个猪膀胱，我不知道他要那个东西干吗，直到后来他要求我每天早上打扫完毕后，帮他把当天所需要的颜料排列出来，我才明了它的用途。他拉开画架旁边一个小柜子的抽屉，让我看看哪一种颜料放在哪里，并逐一念出颜色的名字。很多字我都没有听过——群青、朱红、铅黄。褐色及土黄色还有骨黑色与铅白色储存在小小的陶瓶里，上面覆盖着羊皮纸保持它们不会干掉。比较珍贵的颜色——蓝色、红色与黄色——则少量地装在猪膀胱里。上头打了一个洞，让颜料可以被挤出来，平常就用一个钉子塞紧关上。

一天早上我在打扫的时候，他走了进来，请我代替面包师傅的女儿摆一下姿势，因为她生病了没有办法过来。“我想看一下，”他解释，“需要有人站在那里。”

我顺从地取代她的位置，一只手握着水罐的把手，另一只手放在窗框上，微微打开窗户让冰冷的空气扫上我的脸和胸。

或许这就是为什么面包师傅的女儿会生病，我心想。

他打开所有的百叶窗，我从没见过房间这么明亮。

“下巴往下一点，”他说，“眼睛看下面，不要看我。对，就是这样，别动。”

他坐在画架旁，然而他并没有拿起调色板、画刀或画笔，只是坐着，手放膝上，凝神观看。

我的脸泛起红晕。我没想到他会这么聚精会神地盯着我。

我试着去想别的事情，望出窗外，看到一艘船沿着运河行驶，撑船的男人正是我来这里第一天帮我从河里捡水壶的那个人。自从那天早晨，我心想，好多事都变了。那个时候他的画我连一幅都没看过，而现在我却站在其中一幅里。

“不要看你现在观看的东西，”他说，“我从你脸上可以看出来，它让你分心。”

我试着什么都不看，而去想别的事。我想到有一天我们全家去乡间摘药草；我想到好几年前我在市集广场看到的一场吊刑，受刑的是一个酒醉发狂杀死亲生女儿的女人；我想到我最后一次见到阿格妮丝时她脸上的表情。

“你想太多了。”他说，在椅子上移动了一下。

我觉得自己好像洗完了满满一盆衣服可还是弄不干净。“先生，对不起，我不知道怎么做。”

“试着闭上眼睛。”

我闭上眼。过了一会，我感觉到手里的窗框和水罐，稳定着我的方向。接着我感觉到身后的墙，左边的桌子，以及从窗口吹进来的冷空气。

这一定就是父亲的感觉，我心想，置身在一个空间里，由身体来感知周遭的环境。

“很好，”他说，“那样很好。葛里叶，谢谢，你现在可以继续打扫了。”

我没有看过一幅画是怎么起头的，我以为那就是把你所看到的东西用你所看到的颜色画下来。

他教了我。

面包师傅的女儿这幅画，他一开始先在白色的画布上涂一层淡灰色，然后用红褐色的颜料在女孩、桌子、水罐、窗户和地图所在的地方标上许多记号。接下来我以为他会开始画他看到的东西——女孩的脸、蓝色的裙子、黄和黑的紧身上衣、褐色的地图、银色的水罐及水盆、白色的墙壁。相反地，他涂上一片片色块——在她裙子的地方涂上黑色，她的紧身上衣及墙上的地图涂上赭色，水盆和摆在里面的水罐涂上红色，墙壁则涂上另一块灰色。这些颜色都不对，都不是那样东西原本的颜色。他花了很长的时间，在这些我称为错误的颜色上。

有时候女孩会来，花上好几个小时站在那里，可是当我第二天看画的时候，却没看到任何的增加或删减。无论我研究多久，画布上就只是一片一片什么都不是的颜色。我之所以明白它们代表什么，只是因为我亲自清理过这些物品，而且看过女孩穿的衣服，有一天我瞥见她在大厅里换上卡萨琳娜的黄黑色紧身上衣。

每天早上我不情愿地摆出他所吩咐的颜料。有一次我擅自摆出了蓝色，第二次我再这么做时，他对我说："不要群青，葛里叶，只要我说的颜色。我没有吩咐你，为什么要把它摆出来?"他的语气不大高兴。

"先生，对不起。只是——"我深吸一口气——"她穿着蓝裙子，我想您可能会需要，不会就让它是黑的。"

“我需要的时候会告诉你。”

我点点头，转过身去擦雕着狮头的椅子。我的胸口隐隐作痛，我不希望他对我生气。

他打开中间的窗户，让寒冷的空气灌进屋内。

“过来，葛里叶。”

我把抹布搁在窗台，然后走向他。

“看看窗外。”

我看出去，外头微微有风，天上的云消失在新教教堂的尖塔之后。

“云是什么颜色的？”

“白色啊，先生。”

他微微扬起眉毛。“是吗？”

我望着它们。“有点灰灰的，可能要下雪了。”

“噢，葛里叶，你的程度不只这样而已，想想你的蔬菜。”

“我的蔬菜？”

他偏了偏头，我又惹恼他了，我的下颚僵硬起来。

“想想你是怎么把白色的分开，你的芜菁和洋葱——它们是同样的白色吗？”

突然间我懂了。“不是，芜菁里面有点绿色，洋葱有点黄色。”

“一点也没错，现在你看云里面有什么颜色？”

“有一点蓝色，”我仔细看了几分钟之后回答说，“而且——也有黄色。还有一点绿!”我兴奋起来，伸手去指。虽然我这辈子不知道看过多少云，但此时却仿佛第一次见到它们。

他微笑。“虽然大家都说云是白的，但你会发现里面几乎没有纯白色。现在你明白为什么我还不需要用蓝色了吗?”

“我明白了，先生。”我并不完全了解，但我不想承认，我觉得我大概懂了。

等到最后他开始在错误的颜色上加别的颜色时，我才明白他的意思。他在女孩的裙子上涂上浅蓝，让它变成一件透着黑色阴影的蓝裙子，在桌子阴影下的部分比较深，越靠近窗户颜色越浅。墙壁的区域他加了黄赭色，隐隐可见覆在下面的灰色。墙壁明亮了起来，但不是白色。我发现当光线照在墙上时，墙并不是白的，而有各种颜色。

水罐和水盆最为复杂——它们变成黄色、褐色、绿色和蓝色。它们映照出地毯的花纹、女孩的紧身上衣，以及垂挂在椅背上的蓝布——完全不是它们原本的银色。然而它们看起来却非常真实，就像一个水罐和水盆应有的样子。

从此以后我没有办法停止观看事物。

等他开始要我帮他制作颜料后，我的秘密工作就越来越藏不住。有一天早晨他带我从画室旁边的储藏室爬上梯子，来到阁楼。我从来没上去那里过，阁楼是个小房间，有一片非常倾斜的屋顶和一扇窗让光线透进来，望出去可以看到新教教堂。房里没什么家具，只有一个小橱柜和一张石桌，桌子的中央有个凹陷，里面摆着一块石头，形状像顶端被切掉的蛋。我曾经在我父亲的瓷砖工厂看到过类似的桌子。火炉边还有一些容器——盆子和浅陶盘——和几个夹子。

“葛里叶，我要你在这里替我研磨一些东西。”他说，拉开橱柜抽屉，拿出一条和我小指一样长的黑色棒子。“这是一段象牙，用火烤焦了，”他解释，“用来做黑色的颜料。”

他把它丢进桌上的碗里，再加入一种有腥味的胶状物质，然后拿起一块他称之为杵的石头，教我如何握住它，如何倾身向桌面，用我自己的重量加诸石头上来压碎象牙。几分钟后他已经把它磨成细滑的糊状物。

“现在你试试。”他挖起黑色的糊状物放进一个小瓶，然后拿出另一段象牙。我拿起杵，试着模仿他的姿势，倾身弯向桌面。

“不对，你的手必须这样。”他伸手过来抓住我的手。他的触碰让我一震，杵从我手里掉下来，滚下桌面跌落到地板。

我从他身旁跳开，弯身把杵捡起来。“先生，对不起。”我低声说，把杵放回碗里。

他没有再尝试碰我。

“手稍微抬高一点，”他改用言语向我指示，“就是这样，现在用你的肩膀转动，用手腕磨细。”

我的这一块花了很长的时间才磨成，他的触摸弄得我紧张狼狈而笨手笨脚，而且因为我的身材比他矮小，又不熟悉他要我做的动作。不过，至少由于长期拧湿衣服，我的手臂已经变得很有力。

“再细一点。”他检查碗里的成果然后说。我又磨了几分钟，直到他认为够了，叫我捏一点起来用指头搓搓看，让我知道这就是他要的细度。接着他又拿出几段象牙放在桌上。“明天我会教你磨白铅，那比磨象牙简单多了。”

我盯着象牙。

“怎么了，葛里叶？你不会是害怕这些骨头吧？它们跟你用来梳头发的象牙梳子没什么差别。”

我永远不会有钱到能拥有象牙梳子，我都用手指梳头发。

“不是这件事，先生。”他所要求的其他事情我都有办法在打扫或外出采买的时候做，除了可妮莉亚之外没有任何人起疑。可是磨东西需要时间——我没有办法在应该打扫画室的时候做，我也没有办法向别人解释为什么我得常常丢下别的工作不做，而跑上阁楼。“这可能要花一些时间来做。”我声音微弱地说。

“只要你熟悉了，以后不会像今天一样花那么久时间。”

我实在不愿质疑或违逆他——他是我的主人。但我惧怕楼下那些女人，她们若知道了，一定会极为愤怒。“先生，我现在应该要去市场买肉，还要熨衣服，太太吩咐的。”我的话听起来很卑微。

他没有动。“去市场买肉?”他皱起眉头。

“是的，先生。太太会想知道我为什么没有做我的工作，她会想知道我在楼上这里帮您忙。我不大可能无缘无故到上面来。”

一段很长的寂静。新教教堂的钟敲完了七响。

“我懂了，”当钟声停止时他喃喃说，“让我考虑一会。”他拿走几段象牙，放回抽屉里。“现在就弄这一段吧，”他挥手比了比留下来的，“不会花很久。我得走了，你弄完后就留在这里。”

他应该要和卡萨琳娜谈，告诉她我的工作，这么一来我以后帮他做事会容易得多。

我等待着，但他什么都没对卡萨琳娜说。

出乎意料地，坦妮基为我们提出了解决颜料问题的方法。弗朗西斯出生后，奶妈就一直和坦妮基共同睡在耶稣受难室里。因为晚上如果婴儿醒了，从那里她可以随时过去喂他。虽然卡萨琳娜自己不喂奶，可是她坚持让弗朗西斯睡在她床边的摇篮里。我觉得这样的安排很奇怪，不过等我更了解卡萨琳娜后，我明白她是想要保持她母性的外表，尽管没有实质的作为。

坦妮基对于把自己的房间分给奶妈睡这件事感到不怎么高兴，她抱怨奶妈三不五时要起床照顾婴儿，而当她留在床上睡觉的时候她就打鼾。她向每个人吐苦水，也不管人家听不听。坦妮基开始怠惰工作，然后把一切怪罪到睡眠不足。玛莉亚·辛告诉她他们没办法，可是坦妮基还是继续碎碎念，她常常对我怒目相视——在我还没住进屋里之前，如果他们请了奶妈，坦妮基就会搬到我睡的地窖去。这就好像她怪我造成了奶妈的鼾声。

一天晚上她甚至跑去向卡萨琳娜哀诉。尽管天气很冷，卡萨琳娜正在打扮准备去凡路易文家吃饭。她心情很好——穿着她的黄色罩袍、戴上珍珠项链总让她很高兴。罩袍外面她披上一件亚麻宽领巾盖住肩膀，保护衣服不沾到她正朝脸上扑的粉。卡萨琳娜一边听坦妮基一条条列出她的苦处，一边继续自顾自地扑粉，拿起镜子检视成果。她的头发梳理成几条辫子用丝带系在头上，只要保持着脸上快乐的表情，她看起来确实非常漂亮，金色的头发配上淡褐色的眼睛给她一种异国的风味。

最后她忍不住挥舞着粉刷对坦妮基喊，“够了！”她笑了一声。“我们需要奶妈，而且她一定要睡我附近，女孩的房间没有地方，只有你的房间有，所以我们让她睡那，这是唯一的方法。你为什么要用这种事来烦我？”

“也许，可以有另一种方法。”他说。听到他的话时我正在橱柜里找一件围裙给莉莎白穿，我抬起头，他站在门口。卡萨琳娜惊讶地抬头望着她的丈夫，对于家务事，他通常是不闻不问。“搬张床到阁楼，找个人去睡那里，比如说，葛里叶。”

“葛里叶去阁楼？为什么？”卡萨琳娜叫道。

“这样坦妮基可以如她所愿地去睡地窖。”他平静地解释。

“可是——”卡萨琳娜顿了一下，有点迷惑。她似乎不赞成这个主意，但又说不出所以然来。

“噢，好主意，太太，”坦妮基急切插嘴，“这样一定有帮助。”她瞄了我一眼。

我假装忙着重新叠好小孩的衣服，即使它们已经很整齐了。

“那画室的钥匙怎么办?”卡萨琳娜终于找到一个反对的理由。阁楼只有一个通道，就是画室里储藏室的梯子，要回到床上我得穿过画室，然而画室整个晚上都是锁起来的。“我们不能把钥匙交给一个女佣。”

“她不需要钥匙，”他反驳，“你可以等她上楼睡觉后就把画室门锁起来，这么一来第二天早上她可以直接先打扫画室，而不用等你起来开门。”

我停下手边叠衣服的工作。我不喜欢夜里被锁在自己房里的念头。

不幸的是卡萨琳娜似乎很喜欢这个构想，或许她觉得把我锁起来可以让我安全地待在一个她看不到的地方。“那么，好吧。”她下了决定，她下决定通常都很快。她转向我和坦妮基，“明天你们两个搬张床到阁楼去。这只是暂时的，”她补充，“等到奶妈走了你们就搬回来。”

暂时的，就像我到肉市和鱼市采买原本也是暂时的一样，我心想。

“跟我到画室来一下。”他说。他望着她，带着一种我现在逐渐明了的眼神——画家的眼神。

“我？”卡萨琳娜对她丈夫微笑，受邀到他的画室可是少有的殊荣。她用花哨的姿势放下粉刷，然后准备解开现在沾满了白粉的宽领巾。

他伸手抓住她的手。“留着吧。”

这个举动跟把我搬到阁楼去的建议几乎同样让人讶异。当他牵着卡萨琳娜上楼时，我和坦妮基互相看了一眼。

第二天，面包师傅的女儿开始穿上白色的宽领巾为画摆姿势。

玛莉亚·辛可没那么好骗，当她从兴冲冲的坦妮基那边听说她要搬到地窖而我搬到阁楼时，她喷了一口烟，皱了皱眉。“你们两个应该调换就好——”她用烟斗指着我们——“让葛里叶跟奶妈睡，你去睡地窖，这样就不需要有人搬去阁楼。”

坦妮基没在听——她现在满脑子都是胜利的滋味，没有察觉到她女主人说的话有道理。

“太太同意了。”我简单地回答。

玛莉亚·辛斜眼望着我好一会。

睡在阁楼里让我比较方便在那里工作，但我还是没有时间。我可以早一点起床晚一点睡觉，可是有时他给我的工作实在太多，我不得不找些借口，利用下午我通常坐在火边缝补的时间上楼来。我开始抱怨在昏暗的洗衣房里我看不清楚针脚，需要阁楼里的明亮光线才行，或者会说我肚子痛，得去床上躺一躺。听到我编的理由，玛莉亚·辛每次都会用同样的斜眼望着我，然而却没有表示什么。

我开始习惯说谎。

他提议我搬到阁楼去睡之后，就什么都不管了，他让我自己想办法安排工作来帮他忙，从来不曾帮我说谎，也不会问我有没有时间替他做事。他只在早上给我指示，然后期待隔天看到成果。

然而这些颜料弥补了我躲躲藏藏的辛苦。我发觉自己很喜欢研磨他从药剂师那儿拿来的材料——象牙、白铅、茜草根、黄铅丹——看看我可以制造出多明亮而纯净的颜色。我学到把这些材料磨得越细，颜色就会越深。从一块块粗糙、暗沉的茜草根，变成细滑的艳红粉末，接着再混入亚麻籽油，就是闪亮的颜料。制作颜料实在是一个神奇而美妙的过程。

他也教我怎么清洗材料，去掉不纯净的杂质，带出它们真实的颜色。我用好几片贝壳当浅盘，把颜色放在里面一次又一次地冲洗，去掉夹杂的白灰、沙子或碎石，有时必须重复三十几次。虽然工作冗长而枯燥，但是当看到颜色经过每一次冲洗后变得更为纯净、更接近理想时，让人觉得非常满足。

只有一种颜色他不让我处理，就是群青。制造群青的原料青金石非常昂贵，而且从石头中萃取出纯蓝色的过程相当困难，因此他必须亲自动手。

我逐渐习惯在他身边。有时候我们紧邻着站在小小的房间里，我研磨白铅，他清洗青金石或是把赭土放进火里烧。他很少对我说话，他是个很沉静的人，我也没有开口。那是一个平静的场景，光线从窗口流泻而入。我们工作完之后，会拿一个水罐彼此倒水在对方的手上，在清水下搓净双手。

阁楼里很冷——虽然有一个他用来热亚麻籽油或烧颜料的火炉，但除非他吩咐，我平常也不敢点，因为不然我就得向卡萨琳娜和玛莉亚·辛解释为什么泥炭和木材消耗得这么快。

他在那里的时候我不是很在乎寒冷，当他站在我身旁时我可以感觉到他身体的温度。

一天下午我正在清洗刚磨好的一块黄铅丹，忽然听到玛莉亚·辛的声音从楼下的画室传来。他正在作画，面包师傅的女儿站在那里，不时叹着气。

“你会冷吗，女孩?”玛莉亚·辛问。

“有点。”传来一个模糊的回答。

“为什么没给她一个暖脚炉?”

他的声音非常低，我听不见他的回答。

“放在她脚边，画里面不会看到。我们可不希望她又生病了。”

我还是没听见他说了什么。

“叫葛里叶去帮她拿一个来，”玛莉亚·辛说，“她说她肚子痛，现在应该在阁楼里，我去叫她。”

我没料到一个老太婆的动作这么快，我一只脚才踩上最上一级的台阶，她就已经爬上梯子的一半了。我退步回到阁楼里，无路可逃，更来不及藏起任何东西。

玛莉亚·辛爬进阁楼里，一眼就看见排列在桌上的贝壳、盛满水的水罐、我身上被黄铅丹颜料溅得斑斑点点的围裙。

“所以这就是你最近在忙的事？是吗，女孩？跟我猜得差不多。”

我垂下眼睛，不知道该说什么。

“肚子痛、眼睛酸，你以为我们这里每个人都是白痴呀？”

去问他，我很想告诉她，他是我的主人，是他要我做的。

可是她并没有询问他，而他也没有来到梯子下面做解释。

四周一片死寂，过了很久玛莉亚·辛才开口：“你协助他多久了，女孩？”

“几个星期了，夫人。”

“他这几个星期来画得比较快，我注意到了。”

我抬起眼睛，她脸上的表情在计算着。

“女孩，你帮助他画得快，”她低声说，“你就继续在这边做吧。记得，什么都别跟我女儿或坦妮基说。”

“是的，夫人。”

她格格笑。“我应该猜到的，像你这样机灵的家伙，差点连我都骗过了。好了，现在去给下面那个可怜的女孩拿个暖脚炉来。”

我喜欢睡在阁楼里，那里没有耶稣受难的画像挂在床脚边让我无法入眠。那里一幅画也没有，只有亚麻籽油的清新芳香和颜料泥土的麝香气味。我喜欢窗外新教教堂的景色，以及四周的寂静。除了他之外没有人会上来，女孩们不像以前那样时常跑到地窖去找我，或是偷翻我的东西。在这里我独自一个人，高高地栖息在嘈杂喧嚷的家庭生活之上，从遥远的距离观望着。

就像他一样。

最好的地方是，我有更多的时间可以待在画室。有时在深夜里，当整间屋子都陷入寂静时，我会裹着毛毯蹑手蹑脚爬下楼来，就着烛光欣赏他未完成的画作，或是稍微打开百叶窗让月光透入。有时我会把雕着狮头的椅子拉到桌边，手肘搁在红蓝交织的桌布上，坐在黑暗中。我想象自己穿着黄黑交杂的紧身上衣，戴着珍珠，手里拿一杯酒，隔着桌子坐在他对面。

然而，我唯一不喜欢住在阁楼的一点是，我不喜欢晚上被锁起来。

卡萨琳娜从玛莉亚·辛那里取回了画室的钥匙，再度负责开门和锁门。她想必觉得这让她对我有某种控制权，我搬进阁楼这件事令她很不高兴——这意味着我能更接近他、更接近那个她不被允许而我却能随意进出的地方。

一个妻子一定很难接受这样的安排。

不过，事情顺利地进行了一段时间。有一阵子我设法在下午溜上阁楼，为他冲洗和研磨颜料。卡萨琳娜那段时间通常都在睡觉——弗朗西斯还会哭闹，几乎每天晚上都把她吵醒，所以她需要趁白天补眠。坦妮基也常常在火炉边打瞌睡，我可以溜出厨房而不用每次编造一个借口。女孩们则忙着跟约翰玩，教他走路和说话，很少注意到我不在。然而要是她们真的发现了，玛莉亚·辛会说我去帮她跑腿、到她房里拿东西，或是帮她缝什么，需要到阁楼去借助那里的明亮光线。她们毕竟是小孩，活在自己的世界里，对于周遭大人的世界丝毫不感兴趣，除非当她们直接受到影响。

或者我以为是这样。

一天下午我正在冲洗白铅时，可妮莉亚在楼下喊我的名字。我急忙擦净双手，脱下在阁楼工作时所穿的围裙，换上我平常的围裙，然后才爬下楼梯找她。她站在画室门口，样子看起来好像站在一摊泥坑边缘，忍着诱惑想一脚踩进去。

“什么事?”我很尖锐地说。

“坦妮基找你。”可妮莉亚转身，在我前面朝楼梯走去，到了楼梯顶她犹豫了一下。“葛里叶，你能不能帮我?”她用愁苦的语气问。“你先走，这样如果我跌倒了你可以抓住我，楼梯好陡。”

即使这个楼梯她不常走，这样害怕实在不像她的天性。我有点心软，或者也许只是为刚刚对她太严厉而感到罪恶。我走下楼梯，然后转身伸出双臂。“现在你下来吧。”

可妮莉亚站在楼梯顶，两手放在口袋里。她慢慢下楼，一手扶着栏杆，另一手紧紧握拳。当快走到底的时候，她放开手往下一跃，跌在我身上，她整个人从我胸前滑落，重重地压在我的肚子上。等她重新站稳后她仰起头放声大笑，褐色的眼睛眯成两条细缝。

“调皮的家伙。”我咕哝着，后悔自己的心软。

我在厨房找到坦妮基，她正把约翰抱在腿上。

“可妮莉亚说你找我。”

“对，她钩破了一件领巾，要你帮她补。不让我碰——不晓得为什么，她明知道我最会补领巾了。”坦妮基一边把东西递给我，眼睛一边在我围裙上游移。“那是什么？你流血了吗？”

我低头看，一道红土从我的腹部划过，像是映在窗户玻璃上的一条闪电。刹那间我想起彼特父子的围裙。

坦妮基倾身靠近。“不是血，看起来像什么粉。你怎么沾到的？”

我望着那条闪电，茜草根，我心想，几个星期前我磨过这个颜料。

我听见走廊里传来捂着嘴巴的吃吃笑声。

可妮莉亚等了好久才等到这个恶作剧的时机，甚至不知她如何想到办法溜上阁楼去偷到了颜料粉末。

我来不及编造出一个答案，我的犹豫使得坦妮基越发疑心。“你是不是动了主人的东西?”她的声音充满指控的意味。毕竟她曾为他的画摆过姿势，知道他在画室里摆了什么。

“不是，这是——”我停住。如果我把原因推到可妮莉亚身上，不但听起来心胸狭窄，而且大概也阻止不了坦妮基挖掘出我在阁楼做的事。

“我认为年轻太太最好来瞧一瞧。”她决定。

“不。”我马上说。

坦妮基抱着怀里熟睡的小孩，费力地站起身来。“把你的围裙脱下来，”她命令，“我要拿去给年轻太太看。”

“坦妮基，”我平视着她，说，“如果你知道怎么样对你最好，你绝对不会去烦卡萨琳娜，你会去跟玛莉亚·辛说。私下说，不要在女孩子面前。”

就是这些话，以及它们威胁的语气，造成了我和坦妮基之间的裂痕。这不是我的本意——我只是在绝望中想不出别的方法可以阻止她去告诉卡萨琳娜，然而她永远不会原谅我这么对待她，仿佛我的地位比她还高。

至少我的话有效，坦妮基狠狠地瞪了我一眼，不过在愤怒的瞪视背后隐藏着一丝不确定，以及想去向她自己忠爱的女主人告状的渴望。然而同时她又想借着违逆我的提议来惩罚我的无礼，她在这两种情绪中踌躇不决。

“跟你的夫人说，”我平和地说，“但是要私下说。”

尽管我背对着门，我能感觉到可妮莉亚从门边溜走。

坦妮基的本能还是赢了，她一脸僵硬地把约翰交给我，然后去找玛莉亚·辛。在我抱着约翰坐下来之前，我拿一块抹布擦掉红土，然后把抹布丢入火中，围裙上仍留着一道痕迹。我环抱着小孩坐着，等待别人决定我的命运。

我始终不知道玛莉亚·辛对坦妮基说了什么让她闭上嘴巴，是恐吓还是承诺，不管怎样，都确实有效——关于我在阁楼的工作，坦妮基没有跟卡萨琳娜或女孩们或是我提过。然而她对我越来越刁难——刻意的找碴而非无心的失误。她叫我把我记得很清楚她要我买的鳕鱼拿回鱼贩那里，口口声声发誓说她刚才叫我买的是鲽鱼。她煮饭的时候变得很笨拙，总是尽她所能把所有的油渍溅到围裙上，让我得花更多时间浸泡、更用力刷洗才弄得掉油污。她留下脏水桶给我倒，不再提水进来补满厨房里的水槽，也不再拖地。她摆出一张臭脸坐着监督我，甚至我的拖把拖到她脚边时她也懒得移动，我只好绕着她的脚拖地，而等她离开后才发现她脚下有一摊黏腻的油渍。

她不再对我好言好语，让我觉得自己在这一屋子人中孤立无援。

所以我不敢从她的厨房里拿好东西来取悦我父亲。我没有告诉父母我在奥兰迪克的处境有多艰难，我必须多么小心翼翼才能保住我的位置，然而我也无法告诉他们少数几件愉快的事情——我制造的颜料、独自坐在画室的夜晚、和他紧邻而站且感觉着他的体温的时刻。

我能告诉他们的，只有他的画。

四月的天气终于回暖，一天早上我走在库马克往药房的路上时，小彼特从我旁边走了过来，向我打招呼，我之前并没有看到他。他穿着干净的围裙，拿着一个包裹，说他正要送货到库马克那头去。因为正好和我同路，他问我能不能陪我走一段。我点点头——我没有办法说不。一整个冬天我每个星期都会在肉市碰到他一两次，我发觉自己不知道该如何正视他的眼睛——他的目光像是针尖刺着我的皮肤。他的注意让我不知所措。

“你看起来很累，”现在他说了，“你的眼睛都红了，他们一定给你太多工作了。”

的确，他们给我太多工作了，主人给我一大堆的象牙要我磨，我得大清早就起床才做得完，而前一天晚上坦妮基又打翻了一锅油在厨房地上，要我熬夜把地板重新刷洗一遍。

我不想怪罪我主人。“坦妮基看我不顺眼，”我说，“给我一大堆工作。还有，当然了，天气开始回暖了，我们也在忙着把冬天的霉气清出屋外。”我补充这一点，不让他觉得我是在抱怨坦妮基。

“坦妮基的脾气是很古怪，”他说，“不过她很忠心。”

“对玛莉亚·辛忠心，没错。”

“对其他家人也一样。记得上次碰到卡萨琳娜发疯的哥哥时，她怎么保护她的吗?”

我摇摇头。“我不知道你在说什么。”

彼特很惊讶。“这件事肉市里面已经传了好几天了。啊，可是你不爱跟人聊闲话，对不对？你只是睁大眼睛看，但不会说长道短，也不会去听。”他露出赞许的表情。“我嘛，那些排队买肉的三姑六婆每天说个不停，我不知不觉就记下来了。”

“坦妮基做了什么事?”我违背自己的本性追问。

彼特微微一笑。“当你的女主人怀着上一胎的时候——叫什么名字来着?”

“约翰，跟他爸爸同名。”

彼特的微笑暗了下去，仿佛一片云遮住了太阳。“是啊，跟他爸爸同名。”然后他继续讲他的故事：“有一天卡萨琳娜的哥哥，威廉，来到奥兰迪克这里，那个时候她还大着肚子，结果他居然就要揍她，就在大马路上。”

“为什么?”

“喝醉了缺钱吧，他们说的。他是个很暴力的人，跟他老爸一样。你知道他爸跟玛莉亚·辛好几年前分居了吧？他以前就常打她。”

“打玛莉亚·辛?”我难以置信地重复他的话，我从来没想过有任何人能打玛莉亚·辛。

“所以当威廉准备打卡萨琳娜的时候，好像坦妮基就跑到他们中间要保护她，结果甚至反过来狠狠揍了他一顿。”

这件事情发生的时候我主人在哪呢？我心想。他不可能还待在他的画室里，他绝对不会。他当时一定是在公会，或在凡利瓦伊欧家里，或在米杰伦他母亲的旅馆那边。

“玛莉亚·辛和卡萨琳娜去年才想办法把威廉关起来，”彼特继续说下去，“他被监禁在住的地方不能出来，所以你才没见过他。你真的完全没听说这件事？他们在屋子里都没有谈吗？”

“就算有也不会对我说。”我想到许多次卡萨琳娜和她母亲在耶稣受难室里促膝对谈，一看到我进门就马上中断。“而且我也不在门后偷听。”

“是啊，你当然不会。”彼特又笑了，仿佛我在说笑话。他和其他人一样，认为所有的女佣都爱偷听闲话。人们对于女佣总有许多的刻板印象，因此他们也假设我就是那样。

接下来一路上我都保持沉默。我不晓得原来坦妮基这么忠心而勇敢，尽管她在卡萨琳娜背后说那么多她的坏话。我难以想象卡萨琳娜居然遇到这样的事情，也无法想象玛莉亚·辛怎么会有这样一个儿子。我试着想象我自己的弟弟当街打我，可是办不到。

彼特不再说话——他看得出我现在头脑很乱。到了药房门口后，他只是轻轻碰了碰我的手肘，然后就继续朝他的目标走去。我站在原地没有移动，呆望着深绿色的运河河水好一阵子，最后我甩甩头挥去脑中的思绪，才转身走向药房大门。

我挥去的脑中图像，是一把刀子弹落在我母亲的厨房地板上。

某一个星期天，小彼特到我们的教堂作礼拜。他想必是在我与我父母之后才溜进去的，并且坐在后面的位置，因为一直到礼拜结束后我们站在外面和邻居谈话时，我才看到他，他避开我们站在另一边。当我瞥见他的时候，我猛然吸了一口气。至少，我心想，他是新教徒，我以前并不确定。自从到天主教区的屋里工作后，很多事情我都不再确定。

母亲顺着我的眼光望去。“那是谁?”

“肉贩的儿子。”

她给我一个古怪的眼神，半是惊讶，半是害怕。“去跟他打招呼，”她悄声说：“然后带他来这里。”

我服从她的话走向彼特。“你来这里干吗?”我问，我知道我应该礼貌一点。

他微笑。“你好，葛里叶。看到我没半句好话呀?”

“你来这里干吗?”

“我打算去台夫特每一间教堂参加礼拜，看看哪一间我最喜欢，这可能要花一些时间。”当他看到我的表情后，他的语调马上沉了下来——嘻皮笑脸对我不起作用。“我来看你，并会见你的父母。”

一股热潮冲上我脸颊，烫得像发烧。“我宁愿你没有来。”我低声说。

“为什么?”

“我才十七岁，我不——我还没想到那么多。”

“我也不想急。”彼特说。

我低头望着他的手——他的手很干净，然而指甲的边缘仍残留着血迹。我想到当主人向我示范研磨象牙的时候，他握住我的那只手，不由得一阵颤抖。

人们盯着我们瞧，因为以前在这个教堂里没见过他，而且他长得很好看——金色的长鬈发、明亮的眼睛和随时挂在脸上的微笑，连我也这么觉得。几个年轻女人还试着对他抛媚眼。

“可以带我见见你父母吗?”

我百般不愿地带他到他们那边。彼特向我母亲点点头，并抓起我父亲的手，父亲紧张地退后一步。自从眼睛瞎了后，他就很怕跟陌生人接触，而且他从没遇到过追求我的男人。

“爸，别担心，”就在母亲向一个邻居介绍彼特的时候，我小声对他说：“我不会离开你们。”

“你已经离开我们了，葛里叶。从你去帮佣的那一天起就已经离开我们了。”

我很庆幸他看不到泪水刺痛我的眼睛。

小彼特并没有每个星期都到我们的教堂来，然而他来的次数频繁到让我每个星期天都变得很紧张，不时拉平已经很整齐的裙子，紧抿着嘴坐在教堂长椅上。

“他来了吗？他在这里吗？”父亲每个星期天都会问，一边朝四处转头。

我让母亲来回答。“对，”她会说，“他在这里。”或是：“没有，他还没来。”

彼特总是先问候我父母然后才向我打招呼，刚开始他们跟他在一起很不自在，然而彼特很轻松地跟他们闲聊，无视于他们尴尬的反应以及长久的沉默。在他父亲的摊子上每天接触那么多人，他很清楚怎么跟他们谈话。几个星期天过后我父母越来越习惯他，父亲第一次被彼特的话逗笑的时候，他自己都吓了一跳，他马上皱起眉头，直到彼特又说了别的事情让他再度开怀而笑。

他们谈天完之后总有一段时间我父母会退到后面，让我们两人独处。彼特很明智地让他们决定时机，最初几次甚至根本没有这种机会，然后有一个星期天母亲故意拉着父亲的手臂，说：“我们去那边跟牧师说说话。”

有好几个星期天我都很害怕遇到那一刻，直到后来我慢慢地习惯在虎视眈眈的众人面前独自与他在一起。彼特偶尔会温和地开我玩笑，但他更常问我平常做了些什么，或告诉我他在肉市听到的故事，有时他也会描述牲畜市场的拍卖过程。然而有时候我会说不出话来，或是态度尖锐，或者心不在焉，但他始终都非常容忍。

他从没问过我主人的事，我也从没告诉他我在制作颜料。我很高兴他没有问。

在那些星期天的约会中我常常感到很困惑，当我应该在听彼特说话的时候，我发现自己脑中想着我的主人。

五月的一个星期天，那时我在奥兰迪克的屋子里工作已经快满一年了，就在母亲和父亲离开让我们独处之前，母亲对彼特说："下星期天礼拜结束后，要不要到我们家一起吃饭？"

我睁大眼望着她，彼特微微一笑。"好，我去。"

他接下去说的话我几乎没听见。我得咬住嘴唇以免自己大叫出声，好不容易他终于走了，我和父母回到家。"你们为什么不告诉我你们要邀请彼特？"我不悦地嘀咕说。

母亲用眼角瞥了我一眼。"也该是时候了。"她只这么说。

她没说错——我们若不邀请他到家里来是很没礼貌的。我以前没跟男人玩过这样的游戏，但我看过别人是怎么进行的。如果彼特是认真的，那么我父母就必须认真对待他。

我也很清楚邀他来访对他们会是一件很艰难的事，我父母现在一无所有，尽管有我的薪资和母亲为别人纺羊毛的一点外快，可他们连自己都快喂不饱了，更别说要多喂一张嘴——而且是肉贩的一张嘴。我实在帮不了他们——从坦妮基的厨房里偷点什么，也许一些木柴、洋葱或面包。那个星期他们会省吃一点，少生一些火，只是为了设法喂饱他。

不过他们还是坚持要他来。虽然他们没对我说，但他们心里一定想着现在喂饱他就等于填饱我们未来的肚子。肉贩的太太——以及她的父母——一定吃得很好。现在饿一点，到最后会换来吃撑的肚子。

等后来彼特开始定期拜访我家后，他会送他们一些肉当礼物，让母亲星期天有材料煮。然而第一个星期的晚餐，她很聪明地没有煮肉给肉贩的儿子吃，因为从肉的好坏他可以精确地判断出他们多么穷困。相反地她炖了一锅鱼，里面甚至还加了虾子和龙虾，究竟她怎么买得起这些材料，她始终不告诉我。

我们寒酸的房子在她的刻意打理下变得明亮起来。她拿出一些剩下来还没有卖掉的、父亲最好的瓷砖，把它们擦亮排在墙边，让彼特吃饭的时候可以看到。彼特称赞母亲的炖鱼，他说得很真诚，母亲听了很高兴，她红着脸微笑，然后又多给了他一些。之后他向我父亲问起那些瓷砖，他形容每一块上面的图画直到父亲想起来，接下去帮他说完。

“葛里叶有最好的一块，”他们谈完屋里所有的瓷砖后他说，“上面画的是她和弟弟。”

“我很想看看。”彼特喃喃道。

我凝望着放在我腿上的干裂双手，吞了口口水，我还没告诉他们可妮莉亚打破了我的瓷砖。

彼特要走的时候，母亲低声吩咐我送他到路口。我走在他身旁，虽然那天事实上下着雨，路上没有什么人，但我知道我们的邻居都在看。我觉得仿佛被我的父母推到路上，仿佛他们达成了一项交易，把我送到一个男人的手里。至少他是个好人，我心想，就算他的手永远不够干净。

接近瑞耶佛运河之前有一条小巷，彼特引我进去，他的手放在我的后腰。小时候我们玩游戏，阿格妮丝总喜欢躲在那里。我贴墙而立，让彼特吻我。他急躁地咬破了我的嘴唇，我没有叫出声——我舔掉微咸的鲜血，越过他的肩膀直视着对面的潮湿砖墙，他的身体用力压上我。一滴雨水掉进我的眼睛。

我不会让他一次就得到所有想要的。过了一会彼特起身退后，他伸出一只手要碰我的头，我扭头躲开。

"你喜欢戴着包巾，对不对?"他说。

"我不是有钱到可以做头发让我不需要戴包巾，"我马上接口，"而且我也不是一个——"我没有说完。我不需要告诉他另一种什么样的女人才会当众展示她的头发。

"可是你的包巾把你的头发都盖住了，为什么？大部分的女人都会露出一点来。"

我没有回答。

“你的头发是什么颜色的？”

“褐色的。”

“深褐色还是浅褐色？”

“深褐色。”

彼特微笑，仿佛他在跟一个小孩子玩游戏。“直的还是卷的？”

“都是，也都不是。”我模棱两可地回答。

“长还短？”

我迟疑了一下：“到肩膀下面。”

他继续对我微笑，然后又吻了我一次，才转身走向市集广场。

我之所以迟疑是因为我不想说谎，但也不想让他知道。我有一头长而狂野的头发，拿下包巾后它们看起来像属于另一个葛里叶——一个会和男人单独站在暗巷的葛里叶、一个不是这么安静乖巧而干净的葛里叶。这个葛里叶就像那些敢展示头发的女人一样，这就是为什么我始终把我的头发严密地藏起——不让那一个葛里叶露出任何痕迹。

他完成了面包师傅的女儿这幅画。这一次我事前就有察觉，因为他没有再吩咐我研磨及清洗颜料。现在他很少用到颜料，也没有在最后做什么突然的改变，像戴着珍珠项链的女人那幅画一样。要改的他之前都已经改了，他拿掉画中的一张椅子，移动墙上的地图。这些改变并没有让我感到那么惊讶，因为我有机会自己好好思考一番，知道他的改动使画变得更好。

他又向凡利瓦伊欧借来暗箱，最后一次观看所画的场景。暗箱架好了后，他让我也过来看。虽然我依旧不懂那是怎么办到的，但我渐渐喜欢起画在暗箱里面小小的、左右颠倒的房间影像。平凡的物品看起来颜色变得很浓稠——桌布是深红色、墙上的地图是透亮的棕色，像是举在阳光下的一杯麦酒。我不明白暗箱如何协助他作画，但我逐渐变得有点像玛莉亚·辛——如果这让他画得更好，那我就不去怀疑。

不过，他画得并没有更快，他花了五个月的时间画执水壶的女孩。我常常担心玛莉亚·辛会提醒我，说我没有帮助他画得快些，然后叫我打包东西离开。

她没有。她知道那一个冬天他在公会和米杰伦非常忙碌。也许她决定等久一点，看看到了夏天情形会不会改善。或者也许是她太喜欢那幅画了，因此实在无法去责备他。

“这么好的一幅画只放在面包师傅那里实在太可惜了。”她有一天说，“如果把它卖给凡路易文，我们一定可以拿更多钱。”很明显地，虽然作画的是他，负责谈生意的人则是她。

面包师傅对于画也相当满意。他来看画的那一天和几个月前凡路易文夫妇来赏画的正式拜访很不一样，面包师傅把他一整家人都带来了，包括好几个小孩和一两个姊妹。他是个爽朗的人，一张脸被烤炉的热气烤得始终红通通的，头发看起来好像他刚从面粉堆里爬出来。他不喝玛莉亚·辛准备的葡萄酒，反而宁愿要一杯麦酒。他喜欢小孩，坚持让四个女孩和约翰到画室里，她们也很喜欢他——他每次来访总会带一片贝壳给她们增加收藏。这次他带了一颗和我手掌一样大小的海螺，白色的贝壳混杂着淡黄色的斑纹，外表粗糙多刺，里面则是粉红橘色的光滑亮面。女孩们很开心，跑去找她们其他的贝壳，然后拿上楼和面包师傅的小孩一起在储藏室里玩，我和坦妮基则在画室里招待宾客。

面包师傅大声告诉众人他很满意这幅画。“我女儿看起来很漂亮，这对我就够了。”他说。

他走了后，玛莉亚·辛哀叹这么一幅好画被随便欣赏，她觉得他没有像凡路易文那样仔细研究，麦酒让他昏头昏脑，他周围吵闹的小孩子更使他无法静下来观看。我不同意，虽然我没有说。对我而言，面包师傅所说的是他对这幅画作的真诚反应，凡路易文摆出鉴赏家的姿态来看一幅画，满口甜言蜜语、满脸高深莫测，他显然是要装给别人看，然而面包师傅只是单纯地说出他的想法。

我看了一下储藏室里的小孩们，他们散坐在地板上翻捡贝壳，弄得到处都是沙子。放在那里的柜子、书、盘子以及坐垫丝毫引不起他们的兴趣。

可妮莉亚正爬下通往阁楼的楼梯，在最后还剩三级阶梯的时候她纵身一跃，踏上地面后她胜利地大叫。她看了我一眼，眼里有某种挑战的意味。面包师傅一个年纪跟爱莉蒂差不多的儿子，爬上几级楼梯然后往下跳，接着爱莉蒂也来试试看，然后是另一个小孩，然后又一个。

我始终不明白可妮莉亚到底用了什么办法溜进阁楼，偷走染红我围裙的茜草根颜料。她天生就狡猾，会趁着没人注意的时候偷溜。她偷东西的事情我没有告诉他或玛莉亚・辛，我不确定他们会不会相信。相反地我只能在我和他都离开的时候小心把颜料放好锁起来。

此时看着她伸展四肢躺在玛提格身边，我没有对她说什么。不过当晚我检查自己的物品，每件东西都在原处——我的破瓷砖、我的玳瑁梳子、我的祈祷书、我的绣花手帕、我的领巾、我的衬衣、我的围裙及帽子。我数了数，把它们整理了一下，然后重新折起来。

接着我检查颜料，只是想确认一下。它们也同样排列得很整齐，而且橱柜看起来并不像被人捣乱过的样子。

也许她终究只是个孩子，爬上楼梯再跳下来，只是想玩游戏而不是捣蛋。

五月时面包师傅拿走了他的画，然而我主人一直到七月才开始准备画下一幅。他的延误让我焦虑不堪，尽管玛莉亚・辛也知道错不在我，但我仍等着她的责怪。然后有一天我无意间听到她跟卡萨琳娜说话，她说凡路易文的一个朋友看到他太太戴珍珠项链那幅画，觉得她应该要看向正前方而不要看镜子，于是凡路易文决定要一幅他太太脸朝向画家的正面画像。“他很少画这种姿势。”她下评论。

我听不见卡萨琳娜的回答，停下手边打扫女孩房间的工作。

“你记不记得最后一幅，”玛莉亚·辛提醒她，“女佣。记不记得凡路易文和穿红衣的女佣?”

卡萨琳娜哼了一声，闷着声笑。

“那是最后一次他画里的人看向正前方，”玛莉亚·辛继续，“闹出多大一个丑闻！我本来以为这次凡路易文向他提议他一定拒绝，没想到他却答应了。”

我不能问玛莉亚·辛，因为这么一来她会知道我偷听她们说话；我也不能问坦妮基，因为如今她不再跟我说任何小道消息。于是有一天趁着摊子上没什么客人时，我问小彼特有没有听说过穿红衣的女佣。

“噢，有啊，这个故事传遍整个肉市呢。”他吃吃笑着回答。他弯下身去重新整理摆在台子上的牛舌头。“那是好几年前，好像是凡路易文要他一个厨房里的女佣和他一起为画摆姿势，他们要她穿上他太太的一件晚礼服，红色的，然后凡路易文还要求画里要有葡萄酒，这样每次他们一起摆姿势的时候他就可以叫她喝。显然，画还没画完她就怀了凡路易文的孩子。”

“结果她有什么下场?”

彼特耸耸肩，“这种女孩还会有什么下场?”

他的话让我的血液都冻结了。这类故事我以前当然听过，但都是和我没什么关系的，不像这一个。我想到自己向往着穿上卡萨琳娜的衣服，想到凡路易文在走廊上一把抓住我的下巴，想到他对我主人说："你应该画她。"

彼特停下手里的工作，他的眉头微皱。"你为什么要打听她的事？"

"没什么啦，"我轻描淡写地回答，"只是听别人谈到，没什么别的意思。"

他摆设面包师傅的女儿这幅画的布景时我并不在场——我还没开始协助他。然而现在，当凡路易文的太太第一次来为他摆姿势时，我正在阁楼上工作，可以听见他说话。她是个很安静的女人，不发一言照着所说的去做，甚至连她精巧的鞋子踩过瓷砖地板时都没有发出丝毫声响。他叫她站在百叶窗敞开的窗边，然后坐在桌子边两张雕着狮头的椅子的其中一张，我听见他关上几扇百叶窗。"这一幅画将比上一幅还暗些。"他宣布。

她没有回答，听起来仿佛是他在对自己说。过了一会他喊我，看到我出现后他说："葛里叶，去拿我太太的黄色罩袍，还有她的珍珠项链和耳环。"

那天下午卡萨琳娜正巧去拜访朋友，因此我不能向她要她的珠宝，不过反正我也不怎么敢跟她开口。没办法，我只好去耶稣受难室找玛莉亚·辛，她用钥匙打开卡萨琳娜的珠宝盒，把项链和耳环交给我。接着我从大厅的橱柜里拿出罩袍，把它抖开来，小心披在我手臂上。我抚摸着以前从不曾碰触过的袍子，然后低下头把鼻子埋进毛皮里——毛又细又软，像是刚出生的兔子的毛。

穿过长廊走向楼梯时，我忽然有一股冲动想抱着手里的贵重物品夺门而出，我可以走到市集广场中央的那颗星星，选一个方向往下走，然后永远不要再回来。

然而我还是回到凡路易文太太身边，协助她穿上罩袍，她自自然然地穿上它，仿佛那本来就是她的。她把耳环的银针滑进耳垂上的小洞，接着拿起珍珠项链环绕脖子，我接过丝带正要帮她把项链系上时，他开口："不要戴项链，放在桌上。"

她再次坐下。他坐在他的椅子上研究着她，她似乎一点也不在乎——她望着空气，什么都没有看，就像他之前要我做的一样。

"看向我。"他说。

她看向他。她的眼睛又大颜色又深，几乎是黑色的。

他在桌上铺了一块桌布，然后又把它换成蓝布。他把珍珠项链拉直放在桌上，堆成一堆，然后又拉直。他叫她站起来，坐下，往后坐，再往前坐。

我以为他忘记我正在角落观看，直到他说："葛里叶，去帮我拿卡萨琳娜的粉刷。"

他要她把刷子拿到脸颊边，握在手里，搁在桌子上，放在一旁。他把粉刷拿给我。"放回去。"

我回来的时候他给了她一支羽毛笔和一张纸，她坐在椅子里，身体前倾，手拿着笔写字，她的右边有一个墨水台。他打开上面的一对百叶窗，关起下面的一对，房间暗了下来，光线从上方撒落，映着她圆润高挑的额头、搁在桌面的手臂，以及黄色罩袍的袖子。

“你的左手稍微往前一点，”他说，“就是那。”

她写字。

“看着我。”他说。

她看着他。

他去储藏室拿了一张地图，挂在她身后的墙壁上。他又把它取下来，换了一小幅风景画、一幅海上船只画，然后什么都不挂。接着他离开下楼。

他不在的这一段时间我仔细观察凡路易文的太太，我这么做想必很无礼，但我想看看她会有什么反应。她一动也不动，似乎完全融入布景里。等他拿着一幅乐器的静物画回来时，她看起来好像一直都是这样坐在桌子边，写她的信。我听说在上一幅戴项链的画之前他已经画过她一次，画中她弹着鲁特琴。几次以来她一定很清楚他希望一个模特儿做些什么，或许她就是他想要的。

他把画挂在她身后，然后再次坐下来研究她。他们彼此互望的时候我觉得自己仿佛不存在，我想离开，回去弄我的颜料，但是我不敢打断那个时刻。

“下次你来的时候，头上的缎带不要用粉红色而用白色，还有你绑在后面的缎带用黄色的。”

她点点头，轻得几乎没有移动。

“你可以休息了。”

等他释放她后，我才觉得自己可以自由离开。

第二天他拉了另一张椅子到桌子边。再隔天他把卡萨琳娜的珠宝盒拿上楼来，放置在桌上，珠宝盒抽屉的钥匙孔周围镶着一圈珍珠。

当我在阁楼里工作的时候，凡利瓦伊欧带着他的暗箱来了。“你实在应该哪一天自己去弄一个来，”我听见他低沉的声音说，“不过我承认我可以借这个机会来看看你在画什么。你的模特儿呢?”

“她不能来。”

“这就麻烦了。”

“不会。葛里叶。”他喊道。

我爬下梯子。看到我走进画室，凡利瓦伊欧惊愕地瞪着我。他有一双非常清澈的褐色眼睛，厚厚的眼皮让他看起来像刚刚睡醒。然而他清醒得很，不但惊讶而且很困惑，两个嘴角拉得紧紧的。尽管看到我让他一脸错愕，他仍流露出一种和蔼的神情，等他从惊讶中恢复过来后，他甚至向我行了一个礼。

从来没有一位绅士向我行过礼，我忍不住——微微一笑。

凡利瓦伊欧大笑。“你刚在上面做什么啊，亲爱的?”

“研磨颜料，先生。”

他转向我的主人。“一个助手！你还有什么别的惊奇要告诉我？接下来你要教她帮你画画了。”

我主人并不觉得有趣。“葛里叶，”他说，“去那边，像前几天你看到凡路易文太太那样摆姿势。”

我紧张地走向椅子，坐下，身体前倾像她做的一样。

“拿起羽毛笔。”

我拿起笔，手不停地颤抖，羽毛也跟着微微抖动。我把双手放在记忆中她放的位置，祈祷他不会像要求凡路易文太太一样叫我写字，因为除了父亲曾教过我写自己的名字外，其他我都不会。但至少我还知道怎么握羽毛笔。我望了一眼桌上的纸张，不知道凡路易文的太太在上面写了什么。我能够读一些比较熟悉的东西像是我的祈祷书，可是看不懂一位女士的笔迹。

“看向我。”

我看向他，试着当凡路易文的太太。

他清了清喉咙。“她到时候会穿那件黄色罩袍。”他对凡利瓦伊欧说，后者点点头。

主人站着，他们把暗箱对准我架设好，然后轮流观看。当他们头上盖着黑袍子弯身朝木箱里望时，我比较能够自然地坐在那里，如他所希望的一样，什么也不想。

他叫凡利瓦伊欧把后面墙上的画移动了好几次，直到移到最后他满意的位置，接着他将百叶窗打开又关上，头仍然覆盖在袍子下。终于他好像满意了，他站直身体，折好长袍挂在椅背上，然后走向书桌，他拿起一张纸交给凡利瓦伊欧看，两个人开始讨论起上面的内容——他向他询问一些公会里的公事。他们谈了很长一段时间。

凡利瓦伊欧不经意地抬起头。“看在老天的分上，老兄，让那女孩回去做她的工作吧。”

主人看着我，好像很惊讶我怎么还坐在桌子边，手里拿着羽毛笔。“葛里叶，你可以走了。”

在我离开的时候我似乎看到凡利瓦伊欧的脸上掠过一丝怜悯。

架好的暗箱在画室里留了几天，我趁着这个机会自己去看了好几次，反复观察桌上的物品。他即将要画的布景中有样东西让我觉得怪怪的，好像看着一幅挂歪的画。我想做点改变，可是不知道是哪一样，暗箱没有给我答案。

有一天凡路易文的太太又来了，他从暗箱里看她看了很久。我经过画室的时候他的头还埋在长袍下，于是我尽可能放轻脚步唯恐打扰他们。走到他身后时我停下来一会儿，观看有她在其中的整个画面。她一定也发现我了，但她没有任何表示，只是继续用黑色的眼睛直直地凝视着他。

然后我忽然发觉整个画面太过整齐。尽管我自己最重视事物的整洁，但从他别的画作中我知道桌上应该要有一点凌乱，一点攫取视线的东西。我仔细考虑每一样物品——珠宝盒、蓝色桌布、珍珠项链、信、墨水台——然后决定我会做什么改变。我安静地回到阁楼，不敢相信自己有这么大胆的想法。

一旦我想清楚他应该怎么变动画中布景后，我开始等待他的行动。

他没有动桌上的任何东西，他稍微调整了百叶窗、她头部的倾斜、手上羽毛笔的角度，然而就是没有我所期待的改变。

它在我脑中盘旋不去，拧床单的时候我想着，替坦妮基转动烤肉串时我想着，擦拭厨房瓷砖时我想着，冲洗颜料时我想着。夜里躺在床上我翻来覆去的脑中也想着，有时候我会爬起来再看一遍。不，我并没有错。

他把暗箱还给了凡利瓦伊欧。

每当我望向角落的布景我的胸口就一紧，仿佛有什么东西压在上面。

他在画架上摆好画布，涂上一层铅白和白垩，混着一点焦土黄和赭黄。

我的胸口越来越紧，我等待着他。

他用红褐色淡淡地描出女人和每件物品的轮廓。

当他开始涂上一大块一大块错误的颜色时，我觉得我的胸口像一只装了太多面粉的麻袋一样就要胀开。

一天夜里我躺在床上，决定自己动手改变。

第二天早晨我打扫画室，小心地把珠宝盒放回原位，重新摆好珍珠项链，放好信纸，擦亮并摆回墨水台。我深吸一口气放松胸口的压力，然后以一个迅速的动作把蓝布的前面一段拉到桌上，让它从桌下的阴影流出来，爬上桌子蜿蜒在珠宝盒的前方。我调整了一些褶皱的线条，然后退后几步检视。它的形状正好映衬了凡路易文太太放在桌上的手臂。

对了，我心想，抿起嘴唇。他或许会因为我乱动布景而赶我走，但现在它看起来好多了。

那天下午我没有上阁楼去，尽管那里有一堆工作等着，我坐在外面的长椅上和坦妮基一起缝补衬衫。那天早上他没有进画室，而是到公会去，并在凡利瓦伊欧家吃中饭。他还没看到我做的变动。

我坐在长椅上焦虑地等待，甚至连最近对我视而不见的坦妮基都察觉了我的不安。“你是怎么了，女孩?”她问。她开始学她的女主人一样叫我女孩。“你的样子好像一只等着被宰的鸡。”

“没事，”我说，“我问你，上次卡萨琳娜的哥哥来的时候发生了什么事？我在市场听到别人讲，他们还一直提到你呢。”我加上一句，希望引开她的注意并拍她马屁，同时掩饰我转移问题的笨拙技巧。

坦妮基坐挺了起来，然而很快地她想起问的人是谁。“那不关你的事，”她冷冷地说，“那是家里的事情，跟你这种人没关系。”

几个月前她会很开心地诉说这个让她声名显赫的故事，然而此刻问的人是我，我没有资格也不配听她说这样的事迹。不过要她放弃这么一个吹嘘的机会想必很痛苦。

然后我看到他——他从奥兰迪克朝我们走过来，他的帽子斜向一边，挡住照在脸上的春天的阳光，黑色斗篷拢在肩膀后面。等他走向我们时我避开眼睛无法看他。

“午安，先生。”坦妮基用完全不同的语调高喊。

“你好，坦妮基，在晒太阳吗？”

“噢，是的，先生。我喜欢阳光照在我脸上。”

我低头望着手里缝好的针脚，我可以感觉到他正看着我。

等他进屋后坦妮基压低嗓子说：“主人跟你说话的时候要跟他问好，女孩，你刚才的态度很没礼貌。”

“可是他是对你说话。”

“当然他是该对我说话。但你也不能这么无礼，不然到哪一天这里不要你了，你只能沦落街头。”

他现在一定已经上楼了，我想，他一定已经看到我做的事了。

我等着，几乎拿不住手里的针，我不知道自己究竟在期待什么。他会在坦妮基面前斥责我吗？打从我住进他的屋子以来，他会第一次对我提高音量吗？他会说我毁了他的画吗？

或许他只是把蓝布拉下来，让它垂到原来的位置，或许他什么都不会对我说。

那天晚上他下楼用餐的时候我见到他一眼，他并没有表现出特别的情绪，没有高兴也没有生气，不冷漠也不焦虑。他没有故意忽略我但也没有注意我。

我上楼去睡觉时，查看了一下他是否把布拉回被我更动前的样子。

他没有。我把蜡烛举向画架——他用红褐色重新描上蓝布的折痕，依照我做了更动。

那天夜里我躺在床上，在黑暗中微笑。

隔天早上当我在擦拭珠宝箱周围桌子的时候，他走了进来。我正用一只手臂靠着盒子的边缘，然后把它移开，用另一只手掸去下面和附近的灰尘。我偏过头，看见他正望着我，他以前没看过我如何测量位置。他没说话，我也没开口——我正计算着把盒子毫无偏差地摆回原来的位置。然后我拿一块湿抹布沾拭蓝色桌布，在我做出来的褶皱那边特别小心处理。我一边擦，双手一边微微颤抖。

做完后我抬头看他。

“葛里叶，我问你，你为什么要更动桌布?”他的语调和之前在我父母家他问我蔬菜的事的时候一样。

我想了一会。“画面中需要一点凌乱，来衬托她的宁静，”我解释道，“需要一个可以抓住视线的东西，但是同时也必须是看起来很舒服的东西，而这个就是，因为布和她的手臂摆放的位置很相似。”

接下来是很长的沉默。他凝视着桌子，我等待着，双手在围裙上来回擦拭。

“我从没想过我会从女佣身上学到东西。”最后他终于开口。

* * *

星期天当我向父亲描述新的画作时，母亲过来一起听。彼特也在，他的眼睛盯着投射在地板上的一块阳光。每当我们谈论起我主人的画时，他总是不吭一声。

我没有告诉他们我所做的而且得到主人赞许的变动。

“我认为他的画对灵魂有害。”我母亲忽然皱着眉表示意见。她以前从没谈论过他的画。

父亲惊讶地把脸转向她。

“但是对荷包大有好处。”法兰讽刺道。这个星期天他难得回家来，最近他满脑子想的都是钱，他想知道奥兰迪克屋里的东西值多少钱，他问我画里的珍珠项链和罩袍，问我珠宝盒上镶的珍珠和里面放的物品，问我挂在墙上的画有多大有多少。我没有告诉他太多，我实在不想这样看待我自己的弟弟，但我很害怕他的心思已经从努力做一个瓷砖工厂的学徒，转变到寻找轻松过日子的方法。我猜他只是在做白日梦，然而我不想用他生活周遭——或他姊姊生活周遭——的奢侈品来刺激他的白日梦。

“你指的是什么，妈?”我问，不理会法兰。

“你在说到他的画的时候，你所用的形容让人觉得有点危险，”她解释，“听你讲的样子，那些画好像应该是宗教场景里面的。就好像你把一个女人形容得像是圣母马利亚，可是她实际上也只不过是一个在写信的女人。那幅画也许没那么崇高，可是你却给它很多意义，把它捧上天了。台夫特有几千几万幅画，你到处都可以看到，随随便便挂在酒店里或是有钱人家里，你只要花两个星期女佣的薪水就可以在市场里买到。”

“如果我那么做，”我回答，“你和爸就会两个星期没得吃，你们还来不及看到我买的画就已经饿死了。”

父亲缩了缩身体，刚刚一直在一段绳子上打结的法兰变得很僵硬，彼特瞥了我一眼。

母亲依然保持淡漠，她很少说内心话，当她开口时她的话都如黄金般珍贵。

“对不起，妈，”我结结巴巴地说，“我不是这个意……”

“为他们工作让你想法变了，”她打断我，“让你忘记了你是谁，你是从哪里来的。我们是一个规矩的新教徒家庭，我们的需要不受有钱人或流行的影响。”

我垂下头，她的话刺进我心坎里。那些话是母亲的教诲，是将来我也会告诉我女儿的教诲。尽管我讨厌她这么说，就像我讨厌她质疑他画作的价值一样，我仍然明白她的话中包含着真理。

那个星期天彼特没有和我在巷子里待很久。

隔天早上再看到那幅画让我很痛苦，画布上除了一块块错误的颜色外，他还描出了她的眼睛，她的宽阔额头，以及罩袍袖子上的部分褶皱。尤其是那片鲜艳的黄色，更给我一种母亲的话中所指责的罪恶享乐。我试着在脑中想象这幅画完成后挂在彼特老爹的摊子上，一幅简单的画，一个女人正在写信，标价十银币。

我办不到。

那天下午他心情很好，不然我也不会问他。我慢慢学会去判断他的情绪，不是从他极少的言语或脸上的表情来看——他很少表现在脸上——而是从他在画室和阁楼里走动的方式察觉端倪。当他工作顺利心情好的时候，他会果断地来回跨步，没有任何迟疑，不浪费任何动作。只可惜他并不特别喜爱音乐，不然这个时候他一定会低声哼歌或吹起口哨来。相反地，要是工作进行得不顺利，他会停步，盯着窗外，突然转身，才爬上几级阁楼的梯子就退了回来。

“先生。”他上阁楼来把亚麻籽油混入我已经磨好的白铅粉，这时我开口。他正在画袖口的貂毛。那一天她没来，不过我发现就算她不在场他也可以画她身上的某些部分。

他抬起眉毛。“什么事，葛里叶？”

全屋子里只有他和玛提格总是叫我的名字。

“您的画是天主教的画吗？”

他停了下来，装亚麻籽油的瓶子就悬在盛着白铅粉的贝壳上。“天主教的画。”他重复。他把手放下，拿着瓶子轻敲桌面。“你说的天主教的画是什么意思？”

我问之前并没有想清楚，现在我不知道该怎么说，我试着换另一个问题。“为什么天主教教堂里要挂画？”

“葛里叶，你到过天主教教堂里面吗？”

“没有，先生。”

“那么，你看过教堂里的画，或是雕像，或是彩绘玻璃吗？”

“没有。”

“你只看过屋子里、商店或旅馆里的画？”

“还有市场上的。”

“没错，还有市场上的。你喜欢看画吗？”

“喜欢，先生。”我开始觉得他并不打算回答我，只是不停地问我问题。

“当你看着一幅画的时候，看到了什么？”

“当然是画家画的东西呀，先生。”

虽然他点头，但我感觉这不是他所期望的答案。

“所以当你看着画室里的这幅画时，你看到了什么?”

“我可以肯定我并没有看到圣母马利亚。”我这么说主要不是回答他，而比较是想证明自己并不像母亲所说，赋予画多余的宗教意味。

他讶异地望着我。“你期待看到圣母马利亚吗?”

“噢，没有，先生。”我涨红了脸回答。

“你觉得这幅画是天主教画吗?”

“我不知道，先生，我母亲说——”

“你母亲没看过这幅画吧?”

“没有。”

“那么她如何能告诉你你看到了什么或没看到什么。”

“她不能。”虽然他说得有道理，但我不喜欢他批评我母亲。

“画本身并不属于天主教或是新教，”他说，“而是决定在看画的人，以及他们期待从里面看到的。教堂里的一幅画就像在黑暗房间里的一根蜡烛——帮助我们看得更清楚。它是我们和上帝之间的桥梁，然而它并不是一根新教的蜡烛或是一根天主教的蜡烛。它只是一根蜡烛。”

“我们不需要这样的东西来帮助我们看见上帝，”我反驳，“我们有《圣经》，这就足够了。”

他微微一笑。“你知道吗，葛里叶？我从小在一个新教的家庭里长大，到结婚的时候才改变信仰，所以你不需要对我说教，这些话我以前都听过了。”

我瞪着他。我从来不知道会有人决定不要再做新教徒，我不相信你真的可以改变，然而他就这么做了。

他似乎在等我说话。

“虽然我从没到过天主教教堂里，”我慢慢地说，“我想如果我看到里面的画，它应该就跟您的很像。就算您画的并不是《圣经》里的故事，不是圣母与圣子，也不是耶稣受难的情景。”想到地窖里挂在我床脚的那幅画，我打了个冷颤。

他又拿起瓶子，小心倒了几滴油在贝壳里。他拿着画刀开始混合油与白铅粉，直到颜料变得像在炎热的厨房里放太久而软掉的奶油。我着迷地望着银色的刀子在乳状的白色颜料里来回搅动。

“天主教与新教对绘画的态度有一点不同，”他一边工作一边解释，“不过差别不见得如你想象的那么大。对天主教徒而言，绘画可以帮助灵魂的提升，不过也别忘了，新教徒在任何地方、任何事物中都能看见上帝。借由画出日常生活的事物——桌子和椅子、碗盘和水罐、士兵和女佣——不也正是赞扬上帝的创造吗?”

我希望母亲能听到他的话，他这么说她一定会了解。

卡萨琳娜不喜欢把她的珠宝盒留在她无法拿到的画室里，她对我不信任，一方面是因为她不喜欢我，而且因为她听多了女佣偷女主人的银汤匙这类的故事。偷东西和勾引屋里的男主人——这是女主人们时时刻刻在提防女佣的事。

然而，从凡路易文那里我发现更多的时候是男人在纠缠女佣，而不是反过来。对他来说女佣是免费的。

虽然卡萨琳娜很少与她丈夫商量家务事，但这件事她还是去找他想办法。我没有亲自听到他们的谈话，而是一天早上玛提格告诉我的。那阵子玛提格和我相处融洽，她好像忽然间长大了，对其他孩童的游戏失去了兴趣，情愿在我早上工作的时候待在我身旁。她学着我在衣服上喷水，然后晾在太阳下漂白；把盐和酒混合在一起用来擦掉油渍；用粗盐刷洗熨斗让它不会黏上脏东西而烧焦。然而她的手太细了，做不来清洗的工作——她可以看我工作但我不让她亲自碰水。我的手如今已经没救了——又粗又红又干裂，无论我涂抹多少母亲的配方来软化它们都没用。我还没十八岁却已经有一双沧桑的手。

玛提格有点像我妹妹阿格妮丝——活泼、好问、心直口快。然而她也是年纪最大的，有着大姊的严肃和果断。她必须照顾妹妹们，就如同我照顾我的弟弟妹妹一样，这样的责任让一个女孩处处谨慎小心，注意变化。

“妈妈想把她的珠宝盒拿回去。”她向我宣布，我们正走过市集广场的星星，要前往肉市。“她跟爸爸说了。”

“她说了什么?”我望着星星的芒角，试着用漠不关心的口气说。我最近注意到每天早上当卡萨琳娜为我开画室的门锁时，她会探进房里张望摆着她珠宝盒的桌子。

玛提格犹豫了一下，“妈妈不喜欢晚上你和她的珠宝盒被锁在同一间房间里。”她最后还是说了。她没有说出卡萨琳娜在担心什么——我可能会拿起桌上的珍珠项链，把盒子夹在手臂下，爬出窗户溜到街上，然后逃到另一个城市开始另一段生活。

玛提格用她的方式试着警告我。“她要你再回到楼下去睡，”她继续说，“奶奶过不久就要走了，你没有理由还待在阁楼里。她说不是你走就是珠宝盒走。”

“那么你父亲怎么说?”

“他没说什么，他会想一想。”

我的心沉了下去，像胸口的一颗石头。卡萨琳娜要他在我与珠宝盒之间做选择，他不能两者兼顾。但我很清楚他不会为了让我留在阁楼而移走画里的盒子与珍珠项链，他会把我移走，我将不能再协助他。

我慢下步伐。年复一年的汲水、拧衣服、刷地、倒尿壶，我的生命中将不再有一丝一毫的美丽、色彩或光线，展开在我面前的是一片荒凉的土地，尽管可以看见遥远的那片海洋，但我怎么样也到达不了。如果我不能接触颜色，如果我不能接近他，我不知道自己如何能继续在那间屋子里工作下去。

当我们到达肉铺时发现小彼特不在那里，我的眼中忽然盈满了泪水。我并不明白自己原来想见到他温和、迷人的脸孔。尽管我不确定自己对他的感觉，他却是我逃离的出口，提醒我还有另一个世界能接纳我。或许跟指望他来拯救、指望他把肉放到他们餐桌上的父母相比，我也没什么两样。

彼特老爹见到我掉眼泪很高兴，“我会告诉我儿子你没见到他所以哭了。”他郑重声明，一边把切肉砧板上的血迹刷洗干净。

“你不要说这种事，”我喃喃道，“玛提格，我们今天要吃什么？”

“炖牛肉，”她立刻回答，“四磅。”

我拿起围裙的一角擦干眼睛。“有一只苍蝇飞进了我眼睛，”我很快地说，“大概是这里不干净，泥巴把苍蝇给引来了。”

彼特老爹放声大笑。“她说有苍蝇飞进了她眼睛！有泥巴。这里当然有苍蝇——它们是被血吸引过来的，不是泥巴。最上等的肉血水最多也引来最多的苍蝇，你以后自己会发现。不需要对我们摆架子，小姐。”他对玛提格挤挤眼，“你认为呢，小姑娘？葛里叶小姐应不应该嫌弃这个过几年后她就要来帮忙的地方？”

玛提格努力隐藏她的震惊，但他暗示我不会永远待在她家里这一点显然让她吓了一跳。她很聪明地不去回答他——反而突然转移注意去逗弄隔壁摊子上一个太太手里抱的婴儿。

“拜托，”我低声对彼特老爹说，“不要对她或是她家里的人说这种事，就算只是开玩笑。我是他们的女佣，那是我的身份，去暗示别种可能性是对他们不尊重。”

彼特老爹注视着我，他眼睛的颜色随着每一丝光线的变化而改变，我想就算我主人也无法用颜料把它们捕捉下来。“或许你说得没错，”他承认，“以后我开你玩笑的时候得更小心一点。不过我要告诉你一件事，亲爱的——你最好习惯苍蝇。”

他没有移走珠宝盒，但他也没有叫我搬走。相反地他每天晚上把盒子和珍珠项链及耳环拿下楼给卡萨琳娜，她则把它们锁在放着黄色罩袍的大厅橱柜里，早上当她开画室门锁让我出来时，她再将盒子与珠宝交给我。我在画室的第一件工作变成是把盒子及珠宝摆回桌上，并拿出耳环准备凡路易文太太来当模特儿的时候戴。当我用手和手臂测量位置时卡萨琳娜会在门口看，我的动作任何人看到了一定都觉得很怪，但她从没问过我在干吗，她不敢。

可妮莉亚一定知道了珠宝盒带来的麻烦，也许她像玛提格一样偷听到她父母在讨论这件事。她也可能是看到卡萨琳娜早上把盒子带上楼，而他晚上又拿下来，然后猜到有什么事不对劲。不管她究竟看到什么或明白了多少，总之她决定这是再一次捣蛋的好时机。

没什么特别的原因，只是一种不信任的感觉，她就是不喜欢我，这一点她和她母亲非常相似。

就如同她之前破掉的领巾和我围裙上的红色颜料一样，她以一个要求起头。一个下雨的早晨，卡萨琳娜正在梳头发，可妮莉亚在她身旁晃来晃去观看。当时我在洗衣房里浆衣服所以没听见她们的谈话，不过大概是她建议她母亲用玳瑁梳子装饰头发。

几分钟后卡萨琳娜来到隔开洗衣房与厨房的门口，她宣布：“我有一只梳子不见了，你们有谁看到吗?”虽然她是对我和坦妮基两个人说，但她用力地瞪着我。

“没有，太太。”坦妮基郑重地回答，她从厨房走出来，和她一样站在门边看着我。

“没有，太太。”我附和。当我看到可妮莉亚在走廊里探头探脑，脸上带着对她来说再自然不过的恶作剧神情，我就知道她又做了什么事情要再度陷我于困境。

她会一直做下去直到把我赶走，我心想。

“一定有人知道它在哪里。”卡萨琳娜说。

“要我再帮您找一遍橱柜吗，太太?”坦妮基说，“还是我们去别的地方找?”她意有所指地补充。

“也许是在您的珠宝盒里。”我提出建议。

“也许。”

卡萨琳娜跨步进入走廊，可妮莉亚转身跟上去。

我以为她不会听从我的建议，因为那是我提出来的。然而当我听见她在楼梯上的声音时，我才意识到她正要前往画室，于是便急忙赶上去——她会需要我。她正在画室门口等着，一脸愤怒，可妮莉亚则在她身后徘徊。

“把盒子拿来给我。”卡萨琳娜平静地命令。无法进入房间的羞辱让她的声音里多了一种我从没听过的尖酸，她平常说话总是尖锐而响亮，此时她控制着平静的语气反而更令人害怕。

我可以听见他在阁楼里，我知道他在做什么——他在研磨青金石要制作桌布的颜料。

我拿起盒子，把它交给卡萨琳娜，留下桌上的珍珠项链。她一句话也没说就拿着它下楼，可妮莉亚再度尾随在她身后像一只等着被喂的猫。她想必会回到大厅，翻拣她所有的珠宝，看看还有什么东西不见了。也许还有别的东西——很难猜得到一个存心捣蛋的七岁小孩会做出什么事来。

她在盒子里找不到她的梳子，我非常清楚它在什么地方。

我没有跟她下楼，而是爬上阁楼。

他惊讶地看着我，握着杵的手悬在碗的上方，然而他没有问我为什么上楼来。他又继续磨。

我打开我存放物品的箱子，解开手帕拿出梳子。我几乎不曾好好看过这只梳子——在这间屋子里我没有理由戴上它或甚至只是纯粹欣赏。它总是让我联想到如果我没有来帮佣的话，会过着什么样的生活。而如今我仔细看它，我可以看出它不是我奶奶的，虽然非常相似。这只梳子背上的海扇形状比较长也比较弯曲，而海扇形状中每一片都雕着细微的锯齿花纹。它比我奶奶的还精致，但没精致太多。

我怀疑自己是否还有机会再看到我奶奶的梳子，我心想。

我在床上坐了很久，梳子摆在我腿上，以至于他再次停下手上的工作。

“怎么了，葛里叶?”

他的语气很温柔，这让我比较容易开口说出我不得不说的话。

“先生，”最后我决定开口，“我需要您的帮助。”

我留在阁楼的房间里，坐在床边，双手放在腿上，这段时间他去对卡萨琳娜和玛莉亚·辛说，这段时间他们去找可妮莉亚，然后去女孩们的东西里寻找我奶奶的梳子。最后是玛提格找到了，藏在上次面包师傅来看画时送给她们的大贝壳里。可妮莉亚大概就是那个时候把梳子调换的，当其他小孩都在储藏室玩的时候，她从阁楼爬下楼梯，把我的梳子藏在手边第一个能找到的东西里。

责打可妮莉亚的事落在玛莉亚·辛身上——他明白表示这不是他的责任，而卡萨琳娜尽管知道可妮莉亚该受处罚，却不愿意这么做。玛提格后来告诉我，可妮莉亚被打的时候并没有哭，只是从头到尾摆出不屑的表情。

来阁楼看我的人也是玛莉亚·辛。“嗨，女孩，”她倚着研磨桌说，“现在你可是把一只猫放进鸡栏里了。”

“我什么都没有做。”我争辩。

“没错，可你却有办法树立了不少敌人。为什么会这样呢？我们以前找别人的时候从来没有这么多麻烦。”她格格地笑，但在笑声背后她十分严肃。“不过他是支持你的，以他的方式，”她继续说，“而那比卡萨琳娜或可妮莉亚或坦妮基，甚至我说什么反对你的话都还有力。”

她把我奶奶的梳子抛在我腿上，我用手帕包好它，放进箱子里，然后我转向玛莉亚·辛。如果我现在不问她，我永远都不会知道，这或许是她唯一一次愿意回答我的时候。“夫人，请告诉我，他说了什么？关于我？”

她意味深长地看了我一眼。“别太自以为是了，女孩。他完全没有提到你，不过意思够清楚了，他会关心这件事并且亲自下楼来——那时我女儿就明白他是站在你这边的。不，他指责她没有好好管教小孩，你懂吧，聪明的方法是去批评她而不是赞美你。”

“他有没有解释说我——在协助他吗？”

“没有。”

我努力不让心里的感觉显示在脸上，但我问的那个问题想必已经清楚地透露出我的想法。

“可是等他走了以后，我告诉她了。”玛莉亚·辛补充，“废话，你偷偷摸摸地，在她的屋子里瞒着事不让她知道。”她的话听起来好像在怪罪我，不过她接着又喃喃地说，“我以为他会更有担当的。”她停住，仿佛后悔自己透露出太多内心的想法。

“您告诉她之后她怎么说?”

“当然，她很不高兴，可是她更怕他生气。”玛莉亚·辛犹豫了一下，“她之所以没有太在意这件事还有另一个原因，我现在也可以告诉你，那就是她又有喜了。”

“又一个?”我脱口而出。我很惊讶在他们这么缺钱的时候，卡萨琳娜还会想再要一个小孩。

玛莉亚·辛对我皱眉。“注意你的言行，女孩。”

“对不起，夫人。”我马上后悔刚刚说出了那句话，他们家庭人口的多寡轮不到我开口。“医生来看过了吗?”我问，试着做修正。

“不需要，她知道征兆，她经验够丰富了。”有那么几秒钟，玛莉亚·辛的脸上显露出她的想法——她也在想有这么多小孩。然后她又变得严肃起来，“你做你的工作，别去惹她，也替他做事，不过别在屋子里到处招摇。你在这里的位置可不见得稳固。”

我点点头，眼睛望着她一双粗糙多节的手把弄着烟斗，她点燃它然后吸吐了几口，过了一会她格格地笑。“从来没有一个女佣给我们这么多麻烦，上帝保佑!”

星期天我把梳子拿回去给我母亲，我没告诉她发生了什么事。我只说它太华丽了，不适合放在一个女佣身边。

梳子事件过后屋子里的人对我的态度有了改变。卡萨琳娜对待我的方式最令人讶异，我本来以为她会比从前更为难我——给我更多工作、找各种机会责骂我、用尽方式让我难堪。相反地她似乎有点怕我，她把画室钥匙从她屁股上那一大串宝贝的钥匙中解下来，交还给玛莉亚·辛，再也不去管开门与锁门的事。她把她的珠宝盒留在画室，当需要里面的东西时就叫她母亲去帮她拿。她尽可能避开我，而一旦我明了这一点后，我也尽量不与她正面接触。

关于我下午在阁楼里的工作她绝口不提，玛莉亚·辛想必灌输给她一个观念，认为我的协助可以使他画得更多，而更能供养她已经有的以及肚子里的孩子。他责备她没有教好小孩这一点让她耿耿于怀，毕竟这是她首要的责任。于是她开始在他们身上花费比以往更多的时间，不但如此，在玛莉亚·辛的鼓励下，她甚至开始教玛提格和莉莎白读书写字。

玛莉亚·辛还是像以前一样，不过她对我的态度也有所改变，变得比较尊重。无疑地我仍是个女佣，但她不会像有时候对待坦妮基一样，随随便便支开我或是忽视我。当然她还不至于询问我的意见，但她让我觉得没有完全被排除在这个家庭之外。

坦妮基对我的软化同样令我惊讶，我一直以为她喜欢看我不顺眼、对我发脾气，不过也许她玩累了，或者也许一旦情势摆明了他是站在我这边的，她觉得最好还是不要表示与我对立。也许她们都这么觉得。不管原因是什么，她不再乱洒东西增加我的工作，也不再压低嗓门喃喃念我，或是冷冷地斜眼看我。虽然她没有刻意与我和好，但如今与她工作变得容易许多。

或许有点残酷，但我觉得我赢了她一场。她比较年长，而且很久以前就已经是这个家庭的一部分，然而他对我的偏爱显然比她的忠心与经验还有分量。她一定深深地感受到如此的不受重视，但出乎我预料的，她就这样坦然地接受了挫败。坦妮基内心里只是个单纯的人，想要简单地过日子，而最简单的方法便是接纳我。

尽管她母亲开始管得比较紧，但可妮莉亚依旧没变。她是卡萨琳娜最宠爱的女儿，或许因为她的性格最像她，卡萨琳娜总是顺着她的意思。有时当她微仰着头，红色的鬈发摆荡在脸颊边，用一双浅褐色的眼睛望着我时，我会想起玛提格告诉我可妮莉亚被打时脸上的不屑神情。然后我想，如同我第一天来时的想法：她将是个麻烦。

尽管我没有表现出来，但我像避开她母亲一样地避开她。我不想再刺激她捣蛋的念头，我藏起破瓷砖、我最精致的绣花手帕、母亲为我编织的蕾丝领巾，让她无法利用它们来对付我。

梳子事件之后他对我并没有不同，当我谢谢他替我说话时，他只是摇摇头，仿佛赶走一只缠着他的苍蝇。

反而是我对他有不同的感觉。我觉得我欠了他，我觉得如果他要求我做什么事我将无法说不。尽管我不知道他会有什么要求让我想说不，但我不喜欢我现在所处的位置。

同时他也让我感到失望，虽然我不喜欢这么想。我想要他亲自告诉卡萨琳娜我在协助他，表现出他并不怕告诉她，表现出他是支持我的。

这就是我想要的。

十月中的一个下午，当凡路易文太太的画接近完成时，玛莉亚·辛到他的画室来找他。虽然她一定知道我正在阁楼工作，听得到她的话，但她还是直接对他说。

她问他下一幅打算画什么，看见他没有回答，她说："你一定要画一幅大一点的画，里面人物多一点，就像你以前常画的，不要又是一个女人独自发呆。当凡路易文来看他的画时，你一定要向他提出另一个建议，也许是用你以前帮他画过的主题再画对应的一幅。他会同意——他通常都会。这样他会多付一点来买它。"

他依然没有回答。

"我们欠了不少债，"玛莉亚·辛明白地说，"我们需要钱。"

"他会要求她在里面。"他说。他的声音虽轻但我仍可以听见他的话，不过一直到后来我才了解他说的是什么意思。

"所以呢?"

"不，不是那种的。"

"等事情发生了我们再来操心，不是现在。"

几天后凡路易文和他太太来欣赏完成的画作。早上主人和我整理房间准备他们来访，他把珍珠项链与珠宝盒拿下楼给卡萨琳娜，我收拾其他的东西并摆好椅子。接着他把画架及画移到原本设置布景的地方，然后叫我打开所有的百叶窗。

那天早上我帮坦妮基为他们准备一顿大餐。他们中午到达之后就一起前往画室，由坦妮基端葡萄酒上楼，我本来以为我不必见到他们，然而当她回来之后，却宣布要我帮她侍候午餐，而不是由年纪已经够大可以和大家同桌的玛提格帮忙。“这是我夫人决定的。”她补充。

我很惊讶——上一次他们来看他们的画时，玛莉亚·辛还故意要我远离凡路易文。不过我没有这么对坦妮基说。“凡利瓦伊欧先生也来了吗?”我换个问题，“我好像在走廊听见他的声音。”

坦妮基心不在焉地点点头，她正在尝烤松鸡的味道。“不错，”她喃喃说，“我的头可以扬得跟凡路易文任何一个厨师一样高。”

趁她上楼的时候，我在松鸡上抹了一层油并洒上一点盐，因为坦妮基每次都加太少。

过了一会他们下楼用餐，等他们就座后，坦妮基和我开始上菜。卡萨琳娜瞪着我瞧，不擅于隐藏心里想法的她，显然是很恐惧看到由我来侍候用餐。

主人看起来也仿佛他的牙齿咬到了一颗石头，他冷冷地望着玛莉亚·辛，她则假装漠不关心地举着她的酒杯。

相反地，凡路易文露齿而笑。“啊，大眼睛的女佣!”他大喊，“我还在猜你跑哪去了。你好吗，小妞？”

“很好，先生，谢谢。”我低声说，把一片松鸡放在他的盘子上，然后尽可能地迅速移开。不过还不够快——他的手滑过我的大腿。好几分钟后我还能隐隐感觉到残留的触感。

凡路易文太太与玛提格对这一切完全茫然无知，然而凡利瓦伊欧则全部看在眼里——卡萨琳娜的愤怒、我主人的不安、玛莉亚·辛的事不关己、凡路易文不安分的手。当我为他上菜时他看着我的脸，似乎想从上面找出答案，搞懂为什么单单一个女佣可以引起这么多骚动。我很感谢他——他的表情没有责怪。

坦妮基也注意到我引起的骚乱，并难得一次表现出帮忙。在厨房里我们虽然没有明说，但她主动拿淋酱到餐桌上、为客人加满酒、上其他的菜，让我留在厨房里打理东西。只有最后我们两个人一起收盘子的时候，我才需要再回到桌边。坦妮基直接走到凡路易文的位置边，而我则在桌子的另一端收拾，凡路易文的眼睛始终跟随着我。

我主人的眼睛也一样。

我试着忽视他们的目光，转移注意力去听玛莉亚·辛的谈话，她正在讨论下一幅作品。“你很喜欢音乐课的那幅画，对不对？”她说，“为什么不仿效它再画一幅音乐场景的画呢？上完课后，来场演奏会，也许多一点人在里面，三四个音乐家，一个观众——”

“不要观众，”我主人打断，“我不画观众。”

玛莉亚·辛怀疑地注视着他。

“好啦好啦，”凡利瓦伊欧温和地插入谈话，“观众当然比不上音乐家本身有意思。”

我很高兴他为主人辩护。

“我不在乎有没有观众，”凡路易文大声宣布，“可是我想出现在画里，我来弹鲁特琴。”他停顿了一会，然后又开口：“我要她也在里面。”我不需要抬头看就知道他正指着我。

坦妮基朝厨房轻轻扬了扬头，我端着收拾好的零星几件碗盘赶紧逃走，把剩下的留给她。我想看看主人的表情但我不敢。临走前我听到卡萨琳娜愉快的声音说：“多么棒的主意！就像你与穿红衣服的女佣那幅画一样，你记得她吗？”

星期天，母亲趁着我们两人独自在厨房准备午餐时对我说了些话，父亲那时正坐在外面享受十月底的太阳。“你知道我不听市场里的闲话，”她开口说，“不过当听到别人提起我女儿的名字时，很难不去注意。”

我马上想到是关于小彼特。我们在巷子里做的事还不值得大家的闲话，我始终坚持着。“妈，我不知道你说的是什么。”我诚实地回答。

母亲拉紧了嘴角。“他们在说你的主人将要画你。”仿佛这些字本身让她的嘴角僵硬。

我停下手边搅拌炖锅的动作。“谁说的?”

母亲叹口气，不愿意说出无意间听到的闲话。“几个卖苹果的女人。”

看见我没有回答，她以为我默认了。“葛里叶，你为什么不告诉我?”

“妈，我自己甚至都不知道有这件事，没有半个人跟我讲过!”

她不相信我。

“是真的，”我坚持，“我主人没说过，玛莉亚·辛也没说过。我只是打扫他的画室，我接近他的画的机会也顶多是这样。”我从没告诉过她我在阁楼的工作。“你怎么能相信卖苹果的老女人而不相信我?”

“在市场里面大家要是谈到什么人，就算传的跟真正的情况不一样，通常也都有它的原因。”母亲走出厨房去叫我父亲，那天她没再提起这件事，但我开始害怕她可能说对了——我将是最后一个知道的。

第二天在肉市，我决定问彼特老爹这个谣言。我不敢跟小彼特谈这件事，因为如果我母亲听到闲话，他应该也听说了，而我知道他会很不高兴。虽然他从没对我说过，但很显然地他嫉妒我的主人。

小彼特不在摊子上，而不用等我开口彼特老爹自己就先说了。“我听说什么啦?”看到我走近他得意地笑，“画你的肖像，是吧? 很快地你就变得太高贵而看不起我儿子这种人啦。他闷闷不乐地去了牲畜市场，都是因为你。”

“告诉我你听到了什么。”

“喔，你还想听一次，是吗?”他提高声音，“要不要我把它编成一个故事讲给大家听啊?”

“嘘，”我小声说，在他夸张的言词背后我感觉到他对我不满，“只要告诉我你听到了什么。”

彼特老爹压低声音。“只是那个凡路易文的厨子在说，你要和她主人一起为一幅画摆姿势。”

“我完全不知道这件事。”我坚定地表示，但即使我这么说，我很清楚就如同对我母亲一样，我的话没有任何作用。彼特老爹铲起一大把猪肾，在手中掂掂它们的重量。“你对我说没用。”他说。

我等了几天才与玛莉亚·辛谈，因为我想看看有没有任何人会先告诉我。一天下午我在耶稣受难室里找到她，正好那时卡萨琳娜在睡觉，玛提格带着妹妹们到牲畜市场玩，坦妮基在厨房里缝衣服顺便看着约翰及弗朗西斯。

“夫人，我可以跟您谈一下吗?”我低声说。

“什么事，女孩?”她点燃烟斗，然后隔着烟雾望着我。“又惹麻烦了?”她听起来有点疲倦。

“我不知道，夫人，但是我听说一件奇怪的事。”

“我们也老听说奇怪的事。”

“我听说——有一幅画要画我，与凡路易文先生。”

玛莉亚·辛格格笑。“没错，那是一件奇怪的事。市场里的人都在谈，对不对？”

我点头。

她靠回椅背，从烟斗里喷了一口烟。“我问你，你觉得自己在这样的一幅画里面怎么样？”

我不知道如何回答。“我觉得怎样，夫人？”我呆呆地重复。

“我不会花时间去问别人这个问题，比如说，坦妮基。当他画她的时候，她就高高兴兴站在那里倒牛奶倒好几个月，脑子里什么也没有多想，上帝祝福她。而你——不，你脑子里想着各种各样的事情可是你不说。我很好奇它们是什么。”

我说出一件合理的事，我知道她会了解。“夫人，我不想与凡路易文先生一起摆姿势，我认为他的意图并不光明正大。”我僵硬地说。

“只要是碰到年轻女孩，他的意图从来不会光明正大。”

我的双手不安地在围裙上擦拭。

“看来好像你有一位拥护者在捍卫你的清白，”她继续说，“你不愿意与凡路易文一起摆姿势，我女婿更不愿意画你们两个在一起。”

我没有刻意隐藏我松了一口气。

“不过，”玛莉亚·辛警告，“凡路易文是他的赞助人，有钱又有势，我们得罪不起他。”

“您会怎么告诉他，夫人？”

“我还在想。这段时间你得要忍耐谣言，别回应它们——我们可不想要凡路易文听到市场里传说你拒绝跟他一起摆姿势。”

我看起来的样子一定很不自在。“别担心，女孩。”玛莉亚·辛粗声说，把烟斗在桌上敲着弄松烟灰。“这件事我们会处理。你就低着头回去做你的工作，一个字也不要对别人说。”

“是的，夫人。”

虽然如此，我还是告诉了一个人。我觉得我必须说。

要找到小彼特很容易——那一整个星期牲畜市场在举行拍卖，动物们整个夏天和秋天在乡下被喂得又肥又胖，正好赶在冬天开始之前进屠宰场。彼特每天都去拍卖会场。

那天下午和玛莉亚·辛谈过后，我溜出门到位于奥兰迪克角落的市场找他。那里下午比较安静，因为拍卖是在早上举行。这个时候许多牲畜已经被它们的新主人带走了，男人们站在沿着广场排列的槭树下数着钱，讨论刚才完成的交易。树上的叶子已经转黄并落在地上，和我还没到市场前大老远就闻到的粪便及尿水混在一起。

小彼特和另一个男人坐在广场边缘一家酒店外面，他前方摆着一大杯麦酒。他聊得很起劲，没有注意到我静静地站在他桌边。反倒是他的同伴抬起头，推了推彼特。

“我想跟你谈一下。”我很快地说，彼特甚至还来不及露出惊讶的表情。

他的同伴马上跳起来让位给我。

“我们可以走一走吗?”我指指广场。

“当然。”彼特说。他向他的朋友点点头，然后跟着我走过马路。从他脸上的表情我不确定他到底高不高兴见到我。

“今天的拍卖如何?”我笨拙地问，我从来就不擅于闲话家常。

彼特耸耸肩，他抓住我的手肘引我绕过一堆粪便，然后放开手。

我放弃了。“市场里有关于我的传闻。”我直率地说。

“那里时常都会有每个人的传闻。”他的回答没有承认也没有否认。

“他们说的不是真的，我不会和凡路易文在同一幅画里。”

“凡路易文喜欢你，我爸告诉我的。”

“可是我不会和他在同一幅画里。”

“他很有势力。”

“你要相信我，彼特。”

“他很有势力，”他重复，“而你只是个下人。你觉得谁赢得了这局牌?”

“你觉得我会变成跟穿红衣的女佣一样下场?”

“除非你不喝他的酒。”彼特不带感情地凝视着我。

“我主人不想画我跟凡路易文在一起。”过了一会我才不情愿地说，我一直不想提到他。

“那好，我也不想要他画你。”

我停下来，闭上眼睛。窒闷的动物气味开始让我感到头晕。

“葛里叶，你正陷入你不该去的地方，”彼特的语气温和了许多，“他们的世界和你的不同。”

我睁开眼睛，从他身旁退后一步。“我来这里是要解释那个谣言是错的，不是来受你指责。现在我很后悔自己白费力气。”

“别这样，我确实相信你，”他叹口气，“可是发生在你身上的事你完全控制不了，相信你也明白？”

看到我不回答他又说：“如果你主人真的要画一张你与凡路易文一起的画，你真的以为自己能拒绝吗？”

这个问题我也曾问过自己，然而找不到答案。“谢谢你提醒我我有多无助。”我尖锐地回答。

“和我在一起你就不会，我们可以自己开店，自己赚钱，掌管自己的生活。那不是你想要的吗？”

我望着他，望着他明亮的蓝眼，他金黄的鬈发，他热切的脸孔。除非我是傻子才会迟疑。

“我不是来这里谈这件事的，我还太年轻。”我用老借口，总有一天我会老到不能再用它。

“我从来不知道你心里在想什么，葛里叶，”他再一次尝试，“你永远那么安静又心平气和，你从来都不说。不过你心里藏着事情，有时候我从你的眼睛可以看到。”

我抚平包巾，手指摸了摸额头检查有没有溜出来的头发。“我只想告诉你不会有这样的一幅画，”我下结论，不理会他刚才说的话，“玛莉亚·辛向我保证，不过你不能告诉任何人，如果他们在市场里向你问我的事，什么都别说。不要为我辩护，不然传到凡路易文耳朵里，你的话反而会害了我。”

彼特不悦地点点头，踢开一小撮干草。

他不会永远这么讲道理，我想，有一天他会放弃。

为了酬谢他的讲理，我让他带我到牲畜市场外面两栋房子间的暗巷里，让他的手掌滑下我的身体，揉捏任何有曲线的部位。我试着享受他的抚摸，但刚才的动物气味仍使我反胃。

不管我是怎么对小彼特说的，我自己对玛莉亚·辛保证我不会在画里出现的这个承诺并没有信心。她是个厉害的女人，很懂得做生意，狡猾而自信满满，然而她不是凡路易文。如果他要求，我看不出他们有什么能力可以拒绝。他想要一张他太太直视着画家的画，我主人画了，他曾经想要一张穿红衣的女佣的画，而也得到了。如果他想要我，为什么他不应该得到我？

有一天三个我以前没见过的男人运来一台大键琴，牢牢地绑在车上，他们后面跟着一个男孩，手里抱着一把比他还高的低音提琴。这不是凡路易文的乐器，而是他从一个喜好音乐的朋友那里借来的。当他们费力把大键琴搬上陡峭的楼梯时，全家人都围过来看。可妮莉亚站在正下方——如果他们不小心失手，琴就会直接落在她身上。我想伸手拉她回来，如果是别的小孩我不会有丝毫犹豫，但相反地我站在原地不动。最后还是卡萨琳娜坚持要她退后到安全的地方。

琴搬上楼后他们把它移到画室，我主人则指示他们怎么放。等他们离开之后，他下楼叫卡萨琳娜，玛莉亚·辛跟着她上楼，过了一会我们就听见弹奏大键琴的声音。女孩们在楼梯上坐下，我和坦妮基则站在走廊里倾听。

“是太太在弹，还是夫人在弹?”我问坦妮基。在我看来好像两个人都很不可能，因此我想或许是他在弹，只是想要卡萨琳娜在场听。

“当然是年轻太太。”坦妮基细声道，“不然你以为他叫她上楼干吗?年轻太太很厉害的，她从小就开始弹了。不过当她爸爸和我夫人分开之后，他们的琴留给了他。你难道从没听过年轻太太抱怨没钱买乐器吗?”

“没有。”我想了一会，“你认为他会画她吗?在凡路易文的那幅画里?”坦妮基一定听说了市场里的传闻但什么都没跟我说。

“喔，主人从来不画她，她根本坐不住!”

接下来的几天他搬了一张桌子和几张椅子到布景中，然后打开大键琴盖，露出琴盖上画着岩石、树和天空的风景画。他在桌上铺了一块桌布做为前景，然后把低音提琴平放在桌脚边。

一天玛莉亚·辛叫我到耶稣受难室。“好了，女孩，”她说，“今天下午我要你去替我跑腿，去药房拿一些接骨木花及牛膝草——弗朗西斯在咳嗽而天气又开始转凉了。然后去裁缝老玛莉那里拿点毛线，刚好够织爱莉蒂领巾的分量就好，你没注意到她的已经脱线了吗?”她顿了一下，仿佛在计算我从一个地方到另一个地方要花多少时间。“再去强恩·玛尔家，询问他哥哥什么时候会到台夫特，他住在瑞耶佛塔附近，那离你父母家很近，对吧？你可以顺道回去看看他们。”

除了星期天之外，玛莉亚·辛从来不准我回家看我父母，于是我猜：“凡路易文今天要来吗，夫人?”

“别让他看见你，”她冷冷地回答，“最好你根本不在屋里，这样如果他问起你来我们可以说你出门了。”

一时间我很想大笑，在凡路易文面前——甚至包括玛莉亚·辛——我们就像被狗追着跑的兔子。

那天下午母亲看到我时非常惊讶，幸运地正好有一位邻居来家里拜访，她没有机会问我太多。父亲则没有那么好奇，自从我离家、自从阿格妮丝死后他变了很多，对于街道外面的世界他不再那么好奇，他极少问我奥兰迪克或市场里发生的事情。唯一仍让他感到兴趣的只有画。

“妈，”在火边坐下后我说，“我的主人现在正开始着手你上次问到的那幅画，凡路易文刚刚到家里来，主人今天会把布景安排好，画里会出现的人也都到齐了。”

我们的邻居是一个眼睛闪烁的老女人，特别喜欢街坊闲谈，听到我的话后她紧盯着我，仿佛我在她面前放了一盘烤鸡。母亲皱了皱眉——她知道我在做什么。

就是这样，我心想，这样就可以平息谣言。

那天晚上他的情绪有点失控，晚餐时我听见他打断玛莉亚·辛，稍晚他出门去，回来的时候身上带着酒味。当我爬上梯子要去睡觉时他走了进来，他抬头看我，脸色通红而疲倦。他的表情并不是愤怒，而是无力，像是一个樵夫刚发现他必须砍伐一整片的林木，或是一个女佣面对着堆积如山的脏衣服。

隔天早上画室里看不出任何的线索，可以让人猜测前一个下午发生过什么事。椅子被动过了，一张移向大键琴，另一张背对着画家。椅子上放着一把鲁特琴，左边的桌子上则摆着一把小提琴，低音提琴仍平躺在桌子的阴影下。从这样的安排中很难看出画中到底会有几个人。

后来玛提格告诉我，凡路易文带他妹妹及他的一个女儿来。

“他女儿几岁？”我忍不住问。

“十七岁吧，我猜。”

和我同年。

几天后他们又来了。玛莉亚·辛吩咐我去更多地方跑腿，并叫我早上自己到外面去找事做。我想提醒她我不能每次他们来作画的时候都待在外头——天气越来越冷了，实在不适合在外面闲晃，而且我的工作真的很多。然而我什么都没说，我有一种直觉，觉得某件事情很快就要改变，我只是不知道会变成什么样子。

我不能再回我父母那里——他们会以为出了什么事，然而要是我向他们解释没什么，他们只会往更坏的地方想。相反地，我去法兰的工厂，自从那一次他问我屋子里的贵重物品之后我就没再见过他。他的问题惹恼了我，此后我一直提不起劲去找他。

守门的女人认不出我来，当我告诉她我来找法兰时她耸耸肩然后走开，没有给我任何指示人就不见了。我走进一栋矮房子里，几个和法兰同样年纪的男孩沿着长桌坐在板凳上，正在画瓷砖。他们画的只是很简单的线条，完全不同于我父亲的瓷砖上那种优美的风格。许多人画的甚至不是主要的图案，而只是瓷砖角落一些叶子和藤蔓的装饰花纹，空下中央的部分留给画技更纯熟的师傅来填满。

我的出现立刻引发一阵响彻云霄的口哨，我几乎要伸手捂住耳朵。我走上前去问离我最近的一个男孩知不知道我弟弟在哪里，他红着脸低下了头。虽然他们很高兴我打断他们的工作，但没有一个人愿意回答我的问题。

我找到另一栋比较小也比较闷热的建筑，窑炉就设置在其中。屋子里只有法兰一个人，他光着上身汗流浃背，脸上带着冷酷的表情。他胸膛及手臂上的肌肉变得结实许多，他已经是个男人了。

他的前手臂及手掌上绑着毛巾，看起来有点笨拙，但当他从窑炉里拉出摆满瓷砖的铁盘时，他技巧熟练地把它们一片片移出来而没有烫到自己。我不敢叫他，怕他会吓一跳而不小心失手打翻铁盘，不过他在我开口前先看到了我，并且马上放下手里的盘子。

“葛里叶，你来这里干吗？妈或爸出事了吗？”

“没有，没事，他们很好，我只是过来看看你。”

“喔。”法兰扯掉手上的毛巾，用一条布抹了抹脸，然后拿起杯子灌了一口麦酒。他靠在墙边，举起手来转了转肩膀，就好像那些刚从运河货船上卸完货的男人一样活动酸疼的手臂伸展肌肉。我以前从没看过他有这样的动作。

“你还在窑炉边工作吗？他们没有把你调去做别的事？比如说上釉或是画图，像另一栋房子里那些男孩一样？”

法兰耸耸肩。

“可是那些男孩跟你同年纪，你不是应该——”他脸上的表情让我说不下去。

“这是处罚。”他低声说。

“为什么？处罚什么？”

法兰不回答。

“法兰，你得告诉我，不然我就跟爸妈说你惹了麻烦。”

“我没有惹麻烦，”他很快地回答，“我惹老板不爽，只是这样。”

“你做了什么？”

“我做了让他老婆不高兴的事。”

“什么事?”

法兰犹豫了一下。“是她先开始的，”他缓缓地说，“她表示她的意思，你懂吧？可是当我向她表示意思时她跑去告诉她老公。他没赶我出去因为他是爸的朋友，所以现在我被派到窑里直到他气消了。”

“法兰！你怎么会这么蠢？你明知道她不是你们这一类的。为了这种事让自己差点被赶出去!”

“你不懂这是什么生活，”法兰喃喃道，“在这里工作，累得半死，又无聊，只不过是想想说不定有这种可能。你没有权利批评我，你有你的肉贩然后你会嫁给他过着幸福快乐的日子。你可以很轻松地指责我应该过哪种生活，可是我眼前看得到的只有数不完的瓷砖和做不完的工作，为什么我不可以喜欢上我面前的一张漂亮脸蛋?”

我想反驳，想告诉他我懂。夜里我有时会梦到堆得像山一样高的脏衣服，无论我怎么搓怎么洗怎么熨就是不会减少。

“是大门口的那个女人吗?”相反地，我问。

法兰耸耸肩，又喝了一口麦酒。我脑中浮现出她的一张臭脸，无法理解这样的脸孔如何能诱惑他。

“总之，你为什么会来这里?”他问，“你不是应该在天主教区吗?”

我本来已经准备好理由解释我为什么来这里，因为我正好到这一区来为家里买东西，然而我弟弟的事实在让我很难过，不知不觉中我发现自己把凡路易文和画的事情告诉了他。向他吐露真相使我觉得轻松不少。

他专心地听着，等我说完后他下结论："看吧，我们其实也差不多，都有地位比我们高的人对我们有兴趣。"

"可是我并没有迎合凡路易文，我也没有这个意思。"

"我不是说凡路易文。"法兰说，脸上突然闪过一丝狡猾。"不，才不是他，我是指你的主人。"

"跟我主人有什么关系?"我大喊。

法兰微笑。"好啦，葛里叶，不要到时候让自己难看。"

"闭嘴！你在暗示什么？他从来没有——"

"他不需要。从你脸上就看得出来，你想要他。你瞒得过爸妈还有你那个卖肉的男人，可是你瞒不了我，我比谁都了解你。"

是的，他比谁都了解我。

我张开嘴，可是说不出话来。

虽然是十二月，天气很冷，我却飞快而急躁地从法兰那里离开，结果回到天主教区的时间比原本预期的提早了许多。我走得全身发热，于是解下包着头的披肩来冷却我的脸。当我走进奥兰迪克时，我看见主人与凡路易文正朝我走来，我垂下头横穿街道，以为这样就可以从我主人那侧经过而不会与凡路易文擦肩而过。然而我横穿街道的动作反而让凡路易文注意到我，他停下来，迫使我主人不得不跟着停下脚步。

“你——大眼睛的女佣，”他转向我喊道，“他们告诉我你出门了，我猜你是在躲我。你叫什么名字，小妞?”

“葛里叶，先生。”我低着头，眼睛盯着主人的鞋子。它们又黑又亮——那天早上玛提格才在我的指导下把它们擦亮。

“嗨，葛里叶，你在躲我吗?”

“噢，没有，先生，我去采买东西。”我举起手中的篮子，里面是我去找法兰之前替玛莉亚·辛买的东西。

“那么，我希望我能更常看到你。”

“是的，先生。”他们身后站着两个女人，我偷偷看她们的脸，猜想她们就是一起为画摆姿势的女儿及妹妹。凡路易文的女儿正瞪着我看。

“我希望你没忘记自己的承诺。”凡路易文对我主人说。

主人像个木偶般猛然摇头。“没有。”过了一会他回答。

“那好，我猜在我们下次来之前，你会已经开始动手了。”凡路易文的微笑让我打了一个寒颤。

接下来是很长的沉默，我朝主人瞥了一眼，他正努力保持平静的表情，然而我知道他非常愤怒。

“是的。”他最后开口，眼睛望着对面的房子，他没有看我。

我不明白街上的这段谈话是什么意思，但我知道与我有关。第二天我才发现是什么样的关系。

那天早上他咐吩我下午的时候上画室来，我原本以为因为他已经开始了音乐会的画，所以需要我帮忙弄颜料。当我来到画室的时候他不在那，于是我直接爬上阁楼。磨颜料的桌子空无一物——没有东西摆出来要我做。我爬下楼梯回到画室，觉得自己有点蠢。

这时他已经进来，站在画室里，望着窗外。

“葛里叶，请坐下。”他背对着我说。

我在大键琴旁的椅子上坐下，没有碰它——我从没碰过一件乐器，除了打扫的时候。我等着他，一边研究挂在后墙上的画，这两幅画是他刻意为了音乐会的布景而摆设的，左边是一幅风景画，右边的画有三个人——一个女人在弹鲁特琴，身上穿的衣服袒露出大半个胸部，旁边一位男士手臂搂着她，还有一个老女人。老女人伸出手准备接过男人递来的钱币，他正要买这个女人出场。这幅画是玛莉亚·辛的，她曾告诉我画的名称叫《老鸨》。

“不是那张椅子，”他已经从窗边转过身来，“那是凡路易文的女儿坐的位置。”

如果这幅画里有我，我心想，那么我会坐在哪？

他搬来另一张雕着狮子头的椅子，斜斜地放在画架旁边，面向窗户。“坐这。”

“您打算做什么，先生？”我问，坐下来。我迷糊了——我们从没坐在一起过。我微微发抖，尽管并不觉得冷。

“别说话。”他打开一扇百叶窗，光线直接落在我脸上。“看窗外。”他朝画架旁的椅子坐下。

我凝望着新教教堂的尖塔，吞了口口水。我可以感觉到自己的下颚僵硬起来，瞳孔扩张。

“现在看我。”

我转过头，越过左肩朝他望去。

他的眼睛扣住我的眼睛。我什么都没办法想，只知道它们的灰色像一只牡蛎壳的内侧。

他仿佛在等待什么。我的脸开始紧绷，我怕我没能给他原本想要的。

“葛里叶。”他轻柔地说。这句就够了，我的眼里溢满了泪水没有流下来，现在我明白了。

“对，不要动。”

他决定要画我。

# 1666

"你全身都是亚麻籽油的味道。"

我父亲迷惑地说，他不相信单单打扫一个画家的画室能让亚麻籽油的气味在我的衣服、皮肤、头发上残留不去。他想得没错，或许他猜我现在是不是跟亚麻籽油一起睡在房间里，事实也差不远，我每天坐在那里好几个小时摆姿势，吸进了油的气味。他虽然心里猜想却说不出来，失明夺走了他的自信，他不再相信自己心里的想法。

一年以前我也许会设法帮他，旁敲侧击他的心思，鼓励他说出心里的想法。然而现在，我只是默默地看着他挣扎，像一只甲虫跌落地面翻不过身来。

我母亲也在猜，虽然她不知道自己在猜测什么。有时候我无法正视她，然而当我不小心和她四目相对的时候，她的表情则混杂着压抑的怒气、好奇以及受伤，她很想知道她的女儿到底怎么了。

我渐渐习惯亚麻籽油的气味，我甚至还在床边摆了一小瓶。早晨换衣服的时候我会把它对着窗户举起来，欣赏它那像柠檬汁里掉进一滴银黄的颜色。

现在我穿着那个颜色，我想这么说，因为他用那个颜色画我。

为了转移父亲的心思不要再去想那个气味，我描述主人手边进行的另一幅画给他听。“一位年轻女士坐在大键琴边弹奏，她穿着一件黄黑交错的紧身上衣——跟面包师傅女儿在画里穿得一样——一件白色的绸缎长裙，头上系着白色的丝带。站在大键琴侧的是另一位女士，她拿着乐谱在唱歌。她穿着一件绿色、周围镶皮毛的居家外套和一件蓝衣裙。这两位女士中间坐着一位男士背对着我们——”

“凡路易文。”父亲插嘴。

“对，就是凡路易文。我们只能看到他的背，他的头发，还有一只手握着一把鲁特琴的颈部。”

“他不会弹鲁特琴。”父亲急着补充。

“完全不会，那就是为什么他背对着我们——这样大家才看不出他连琴都不会拿。”

父亲笑了，他又恢复了好心情。每次听到一个有钱人不会弹奏乐器，他总是很乐。

要引他恢复好心情不见得每次都那么容易。星期天和我父母相处变得非常不自在，我开始喜欢小彼特来家里吃饭。他一定也注意到母亲看着我的忧心目光，父亲吹毛求疵的批评，还有不该存在于父母与儿女之间的尴尬沉默。他从来没有说他们什么，从来不会皱眉或干瞪眼或说不出话来，相反地，他温和地调侃我父亲，赞美我母亲，并对我投以微笑。

彼特没有问我为什么全身都是亚麻籽油的气味，他似乎不担心我可能瞒着他什么，他决定信任我。

他是个好男人。

可是我没办法——我总会去注意他的指甲缝里有没有血迹。

他应该把双手泡在盐水里，我想，有一天我会叫他这么做。

他是个好男人，然而他渐渐失去耐心。他嘴里没说，但有时候星期天在瑞耶佛运河前的巷子里，我可以感觉到他手里的急躁。他会故意更用力揉捏我的大腿，手掌深深抓住我的背，让我紧贴着他的下体，感觉那在一层层衣服之下的膨胀。天气实在太冷了，我们没有接触彼此的皮肤——感觉到的只是肥厚而粗糙的羊毛，以及我们四肢的隐约轮廓。

我并不是每次都排斥彼特的抚摸，如果我望过他的肩膀看向他身后的天空，发现一朵云里除了白色还有别的颜色，或是想到研磨白铅或黄铅丹的过程，我会感到乳房和下腹微微刺痛，然后我会靠向他。当我有所回应时他总是很高兴，然而他却没注意我始终避免望向他的脸和手掌。

因为亚麻籽油而使我父母极为困惑而不悦的那一个星期天，彼特后来带我到巷子里。在巷子里他隔着衣服开始挤捏我的乳房，搓弄我的乳头，然后他突然停了下来，投给我狡猾的一眼，接着把手滑过我的肩膀，滑上脖子，在我来得及阻止他之前他的手已经伸进我的包巾，缠住我的头发。

我伸出双手拉住帽子。“不要!”

彼特向我微笑，他的眼睛镀着一层亮彩，仿佛朝太阳看了太久。他从我的帽子里勾出一缕松开的头发，缠绕在指间玩。“再过不久，葛里叶，我会全部都看到。你也无法再对我神秘下去。”他的一只手滑到我下腹深陷进去的地方，然后用力压向我。“下个月你就十八岁了，到时候我会跟你爸谈。”

我退后一步——我觉得自己好像身在一间黑暗而窒闷的房间里，无法呼吸。“我还太年轻，不该谈这个。”

彼特耸耸肩。“也不是每个人都等到年纪够大，况且你们家里需要我。”这是他第一次提及我父母的贫穷与他们对他的依赖——他们的依赖换句话说也就是我的依赖。因为这样，所以他们心满意足地收下他送的肉，而让我在一个星期天与他躲藏在暗巷。

我露出不悦的表情，我不喜欢他提醒我他掌控了我们的未来。

彼特察觉他不应该说出这些话。为了表示歉意，他把我的发丝塞回包巾里，轻抚我的脸颊。“葛里叶，我会让你幸福的，”他说，“我会的。”

他离开后，我在寒风里沿着运河走。河面上的结冰已经被敲碎，好让船只通过，然而水面上又形成了一层薄冰。当我们还小的时候，我和法兰还有阿格妮丝喜欢朝冰上丢石头，直到每一片银亮的薄片都沉入水里。那似乎是好久以前的事了。

* * *

一个月前他叫我上楼到画室。

“我会在阁楼。”那天下午我向房里的人宣布。

坦妮基头也没抬地继续她的缝补。“你走之前加一点木柴到火炉里。”她下令。

女孩们正在玛提格与玛莉亚·辛的监督下学着织花边。莉莎白的指头灵巧而有耐性，编织出漂亮的成品；爱莉蒂年纪太小了，做不来这种精细的手工；而可妮莉亚则是太没耐心了。她一边打着毛线，一边不时去逗弄躺在火炉旁她脚下的猫，垂下线头让它用爪子扑着玩。到时候，她大概也这么希望，猫一定会抓到她织好的成品然后把它扯烂。

添了柴火后，我起身从约翰身边绕开。他正坐在冰冷的厨房地板上玩陀螺，我才走开他就把陀螺用力一抛，没想到力量太大，陀螺不偏不倚地弹进火炉里。约翰大哭，可妮莉亚尖声大笑，玛提格则连忙拿一把钳子试着把玩具从火堆里捞出来。

“小声点，你们会吵醒卡萨琳娜和弗朗西斯。”玛莉亚·辛警告小孩们，然而他们没听进去。

我悄悄溜出去，逃离这些嘈杂的声音让我舒了一口气，我才不在乎画室里有多冷。

画室门紧闭着，我抿了抿嘴唇，顺了顺眉毛，伸出指头沿着脸颊滑到下巴，仿佛在测试一个苹果是否够圆熟饱满，最后才走上前去。我在厚重的木门前迟疑了一会，然后轻轻敲了敲。房里没有响应，不过我知道他一定在里头——他正在等我。

那是新年的第一天，在那之前他已经花了快一个月的时间，只是在我的画中涂上背景颜色，没有其他的——没有红色的线条标示出形状，没有错误的颜色，没有不同的色层，没有突出的亮点。画布上只是一整片黄白色，空无一物，每天早晨我打扫的时候看到的都一样。

我敲得更大声一点。

门打开的时候他皱着眉，眼睛没有看我。“别敲门，葛里叶，轻声地进来就好了。”说完，他转身走回画架，空白的画布躺在那里，等待着颜色。

我轻轻关上身后的门，掩去楼下小孩的吵闹声响，跨步进到房间中央。如今这个时刻终于来临，我却出奇地镇静。“先生，您要我来。”

“对，站到那里去。”他指了指他平常画其他女人的角落。做为音乐会画中布景的桌子还在原处，不过乐器已经被移开了。他拿一封信给我，“读这封信。”他说。

我展开信纸，低下头去，很担心他会发现我只是假装在读纸上陌生的字迹。

纸上什么都没有写。

我抬起头想告诉他这件事，但停了下来，与他相处通常最好什么都别说。我再度低下头去看信。

“换这个看看。”他提议，递给我一本书。装订的书包在磨得很旧的皮革里，书背上有好几个地方破损了。我随便翻开一页阅读，里面没半个字我认得。

他叫我坐着看书，然后站着拿书望着他。他把书拿走，给我一只上面是白锡盖子的白色水瓶，然后要我假装朝玻璃杯里倒酒。他叫我站起来，看出窗外。不管怎么做他好像就是不满意，仿佛听别人说了一个故事，可是后来怎么样就是想不起结局。

“是衣服的问题。”他喃喃自语。

我了解，他要我做的是一位小姐做的事，可是我身上穿的是女佣的衣服。我想到那件黄色的罩袍和黄黑交错的紧身上衣，怀疑他会要我穿哪一件。然而这个念头并不让我感到兴奋，相反地，我觉得很不安，不只因为要瞒着卡萨琳娜穿她的衣服是不大可能的事，要我拿着书和信、给自己倒酒、做一些我从来没做过的事更让我觉得别扭。就算我再渴望亲身感受罩袍柔软的皮毛绕在脖子上的感觉，它仍然不是我平常会穿的衣服。

“先生，”最后我开口，“或许您应该让我做其他的事情，一些女佣做的事情。”

“女佣做些什么事?”他温和地问，双手抱胸扬起眉毛。

我得停顿一会才回答得出口——我的下颌颤抖，我想起我和彼特在巷子里的情景，吞了一口口水。“缝衣服，”我回答，“拖地扫地、提水、洗床单、切面包、擦窗户。”

“你想要我画你拿着拖把吗?”

“这实在不该由我来说，先生，这不是我的画。”

他皱眉。“对，不是你的。”他听起来好像对自己说。

“我不要您画我拿拖把。”我没料到自己真的这么说。

“对，没错，葛里叶，你说得对，我不能画你手里拿着一只拖把。”

“但是我也不能穿您太太的衣服。”

好一阵子他没有回答。“对，我想也不行，”他说，“然而我不会把你画成一个女佣。”

“那么，先生，您要把我画成什么?”

“我要画我第一次见到你的样子，葛里叶，单单只是你。”

他搬了张椅子到画架旁边，面向中间的窗户，然后我坐下来。我知道那将是我的位置，他打算找回一个月前他决定画我的时候要我摆的姿势。

“看窗外。”他说。

我看向外面灰色的冬天景色，想起当我代替面包师傅的女儿摆姿势时，试着什么都不要看，让思绪一片空白。很难，因为我脑中想着他，因为我坐在他面前。

新教教堂的钟敲了两响。

“现在慢慢朝我转过头来。不对，不是肩膀，身体朝向窗户不要动，只转你的头。慢慢地，慢慢地，停。再一点，就是这样——停。现在坐着不要动。”

我坐着不动。

刚开始我无法看他的眼睛，当我遇上他的眼睛时，就仿佛身旁的炉火忽然爆扬起火光。我垂下眼，盯着他坚毅的下巴、薄薄的嘴唇。

“葛里叶，你没有看我。”

我逼迫自己望进他的眼睛，再一次我觉得自己燃烧了起来，不过我忍受着——他要我这么做。

很快地我就比较能适应看着他的眼睛，他望着我的样子仿佛并没有在看我，而是另一个人，或是另一件东西——好像他看着一幅画。

他在看落在我脸上的光线，我想，而不是我的脸。两者不一样。

似乎我并不在那里。当发现这一点后我才终于能稍微放松，如同他看不见我一样，我也看不到他。我的心思开始四处飘荡——飘到我们中午吃的炖兔肉、莉莎白给我的领巾花边、小彼特昨天告诉我的一个故事，之后我就什么都没想了。这段时间里，他站起来两次调整一扇百叶窗的角度，走到橱柜好几次去选择不同的画笔与颜料。我望着他的动作仿佛自己是站在街上，从窗外看进来。

教堂的钟敲了三声，我眨眨眼，没有感觉时间过了这么久。仿佛我被下了一个咒语，定住了。

我望着他——他的眼睛现在对着我了。他看着我。在我们互相凝视的刹那，一阵热从我体内扩散。虽然如此我还是直视着他，直到最后他移开视线，清了清喉咙。

“今天就这样，葛里叶，楼上有一些象牙要麻烦你磨。”

我点点头，轻声溜出房间，我的心脏跳得很快。他在画我了。

“把你的包巾往后拉，露出脸来。”有一天他说。

“露出脸来，先生?”我呆呆地重复，可是马上后悔。他不喜欢我多说，只要我照他的话做，如果我真的说了，也该说些有价值的话。

他没有回答。我把覆盖住左脸颊的包巾边缘往后拉，它浆得硬挺的尖角戳着我的脖子。

“再后一点，”他说，“我想看到你脸颊的线条。”

我迟疑了一下，然后把它再往后拉一点。他的视线移下我的脸颊。

“让我看你的耳朵。”

我不想，但我别无选择。

我伸手到包巾下面，把几根发丝塞到耳后，等确定完全没有松脱的头发，我才把帽缘往后拉，露出下半截耳朵。

他脸上的表情仿佛叹了口气，尽管他并没有出声。我感觉自己的喉咙里传出一点声响，急忙把它压下去，不让它逃出来。

“你的包巾，”他说，“脱下包巾。”

“不行，先生。”

“不行?”

“请不要叫我做这件事，先生。”我放开帽缘，让它掉下来再度遮盖我的耳朵与脸颊。我望着地板，灰白交错的瓷砖从我面前延伸，又直又干净。

“你不愿意露出你的头?”

“对。”

“但是你又不想被画成一个戴包巾拿拖把的女佣，也不愿意当一个身穿绸缎和皮毛、盘起头发的小姐。”

我没有回答，我不能让他看见我的头发，我不是那种会当众展示头发的女孩。

他在椅子上换了一个姿势，然后起身，我听见他走进储藏室。当他回来的时候，手臂上挂满了各种各样的布，他走过来把它们丢在我腿上。

“好吧，葛里叶，看你能怎么利用这些布。从里面找一块把你的头包起来，这么一来你就不是女佣也不是小姐了。”我分辨不出他是牛气还是觉得好笑。他走出房间，关上门。

我在这堆布里翻拣，其中有三顶帽子，对我来说全都太华丽，而且也太小了，无法完全覆盖我的头。里面还有卡萨琳娜做裙子和外套剪剩的一些碎布，有黄的和棕的、蓝的和灰的。

我不知道该怎么办。我环顾四周想从画室里寻找答案，然后我的视线落在《老鸨》那幅画上——年轻女人没戴帽子，头发用丝带束在后面，不过旁边的老女人头上则包着一块布，交叉地缠在一起。也许那就是他要的，我心想，也许一个不是小姐不是女佣也不是娼妓的女人就是这样装扮自己的头发。

我选了一块棕色的布，然后拿到储藏室里，那里有面镜子。我摘下包巾，一边对照着画中老女人头巾的缠法，尽我所能把布缠在头上。我看起来很奇怪。

我实在应该就让他画我拿着一个拖把，我想，自尊让我变得虚荣。

等他回来后看到我的头巾，他放声大笑。我不常听见他笑——通常是跟孩子们或是凡利瓦伊欧在一起的时候。我皱起眉头，我不喜欢被人嘲笑。

“先生，我只是照您的要求做而已。”我咕哝着说。

他停住笑声。“没错，葛里叶，对不起。而你的脸，现在我可以看得更清楚了，你的脸——”他停下来，没有把句子说完。我常常在想他究竟会说什么。

他转过头看我留在椅子上的一堆布。“那里还有别的颜色，”他问，

“你为什么选棕色的?”

我不想再提到小姐与女佣的关系，我不想提醒他蓝色和黄色是小姐的颜色。“我平常都穿棕色。”我只这么回答。

他似乎猜出我心里在想什么。“几年前我画坦妮基的时候，她也穿蓝色和黄色的衣服。”他反驳。

“我不是坦妮基，先生。”

“没错，你当然不是，”他拉出一条长而窄的蓝布，“不过，我要你试试看这个。”

我研究了一会。“这块布不够包住我的头。”

“那么，再加上这一块。”他选了一块黄色的布，布的边缘有同样的蓝色，然后把它递给我。

我心不甘情不愿地带着两块布回到储藏室，对着镜子再试一遍。我拿黄色的布在头上绕呀绕，包住整个头顶，再用蓝布围着额头绑紧。我把多出来的布头塞进一侧的折缝中，稍微调整一下，拉平绕在前额的蓝布，然后跨步回到画室里。

他正在看一本书，没有注意到我悄悄溜回椅子上。我摆好之前坐着的姿势，然后转头从我的左肩望出去，他正好抬起头来，就在这时黄布的尾端松了开来，落在我的肩膀上。

“噢，”我倒吸了一口气，生怕头上的布会掉下来，露出我的头发。不过还好——只有黄布的尾端散开来垂在一旁。我的头发还藏得好好的。

“好，”然后他说，“就这样，葛里叶。就这样。”

* * *

他不让我看画。他把画放在另一个画架上，侧对着房门，然后告诉我不要去看。我向他保证不看，但有几个晚上当我躺在床上时，会很想裹着毛毯偷溜下楼去看一眼。他绝对不会知道。

但是他会猜到。我不认为这样一天一天下来与他对坐相望，他会猜不出我已经看过了画。我无法瞒着他什么事，我并不想。

同时我也有点抗拒着，不想去发现自己在他眼中到底是什么样子。最好让它永远是个谜。

他吩咐我混和的颜料没有透露出任何线索，让人猜测他在做什么。黑色、赭红、铅白、银铅黄、群青、深湖红——它们全是我以前处理过的颜色，也很容易可以用于演奏会那幅画中。

同时进行两幅画对他来说很不寻常，虽然他不喜欢把两幅画换来换去，不过这么一来确实比较容易瞒着别人画我。有几个人知道，凡路易文知道——我相信主人是因为他的要求才画这幅画的，主人必定是和他达成协议，他愿意单独画我，而不画我与凡路易文在一起。凡路易文将拥有我的画像。

我不喜欢想到这一点，同样的，我相信主人也是如此。

玛莉亚·辛也知道有这一幅画，很可能这样的安排就是她和凡路易文商量的结果，而且，她依然可以自由地进出画室，看那幅我不被准许看的画。有时她会斜着眼看我，脸上藏不住古怪的表情。

我怀疑可妮莉亚也知道这幅画，有一天我在通往画室的楼梯上逮到她，她不该出现在那里，于是我问她为什么到这里来，然而她不回答，我放她走，没有带她去找玛莉亚·辛或卡萨琳娜。我不敢在他画我的这段时间惊动起是非。

凡利瓦伊欧知道这幅画。有一天他带了他的暗箱来，他们把它架设好，然后透过它观察我。当他看到我坐在我的位置上时并没有很惊讶——我主人必定先告诉过他了。虽然他的确朝我奇怪的头巾看了一眼，但没有说什么。

他们轮流朝暗箱里看。尽管我已经学会坐着不动、不想、在他的凝视下毫不动摇，但是此刻面对着一个黑色的箱子，反而困难得多。没有眼睛、没有脸、没有身体转向我，只有一个箱子和一件黑色长袍覆盖住拱起的背，让我变得很不自在。我不再能够确定他们是如何看我的。

然而我不能否认，被两位男士这么全神贯注地观看的确让人虚荣，就算我看不见他们的脸。

主人离开房间去找一块软布来擦亮镜头。凡利瓦伊欧等他的脚步声走下楼梯，才轻轻开口："好女孩，你要注意你自己。"

“什么意思，先生?”

“你必须明白，他画你是为了让凡路易文满意。凡路易文对你的企图使得你主人想保护你。”

我点点头，暗地里很高兴听到自己猜测的没错。

“不要陷入他们的争斗中，你会受伤的。”

我仍然维持着作画时的姿势，然而我的肩膀不由自主地震了震，仿佛我正抖下一件披肩。“我想他绝不会伤害我的，先生。”

“好女孩，告诉我，你对男人了解多少?”

我涨红了脸，转开头去。我想到和小彼特在暗巷里做的事。

“是这样的，竞争燃起男人的占有欲，他之所以对你感兴趣一部分是因为凡路易文对你有意思。”

我没有回答。

“他是个很特别的人，”凡利瓦伊欧继续说，“他的眼睛抵得过一屋子的黄金，然而有时他会依照自己的想象而不是真实情况来看世界。他不明白别人如果从他的观点来看事情，会有什么样的后果。他脑中想的只有他自己以及他的作品，不是你，因此你一定要小心——”他住口，主人的脚步声从楼梯传来。

“小心什么，先生?”我悄声问。

“小心保持你自己。”

我扬起下巴望着他。“保持我女佣的身份是吗，先生?”

“我不是那个意思。他画中的女人——他引诱她们进入他的世界。你会迷失在那里。”

主人走进房间。“葛里叶，你动了。”他说。

“抱歉，先生。”我再一次摆回我的姿势。

他开始画我的时候卡萨琳娜正怀着六个月的身孕，她已经变得很胖，行动迟缓，走路必须靠着墙、抓着椅背，然后长叹一声重重地陷入椅子中。我很讶异尽管她之前已经有过好几次经验，怀孕这件事在她身上看起来却仍旧如此艰难，虽然她没有大声抱怨，不过一旦她变胖了后，她做出的每一个动作看起来都像是加于她身上的惩罚。当她怀弗朗西斯的时候我没有注意到这一点，那时我才刚来屋里，眼前只能看到堆积如山的脏衣服每天早晨等着我。

随着体形渐大，卡萨琳娜变得越来越沉浸于自己的世界里。在玛提格的帮忙下，她仍然看顾孩子；她仍然管理家务，并向我和坦妮基下命令；她仍然和玛莉亚·辛一同上街采买。然而有一部分的她不在现实生活中，而与肚里的婴儿在一起。她刻薄的态度现在很少出现，而且淡化了许多。她整个人慢了下来，虽然她还是笨手笨脚的，但现在较少打破东西了。

我很担心她会发现我的画像，还好现在爬楼梯到画室对她来说变得困难且危险，所以她不大可能会猛然推开画室门，然后发现我坐在我的椅子上，他坐在画架前。而且因为正值冬天，她宁愿与小孩们、坦妮基和玛莉亚·辛一起坐在火炉边，或者裹着层层毛毯打瞌睡。

真正危险的是她可能会从凡路易文那里发现真相。所有知道有这幅画的人当中，他最不善于保守秘密。他三不五时会来家中为音乐会的画摆姿势，当他来的时候，玛莉亚·辛不再叫我上街采买或是躲着不出来，因为那太不实际了，而且也没有那么多东西要我买。而且她一定是想，给他这么一幅画他应该就满意了，不会再来骚扰我。

他没有。有时候当我在洗衣房里洗衣服或熨衣服，或是和坦妮基在厨房里时，他会来找我。如果旁边有别人——当玛提格和我在一起，或是坦妮基，甚至是爱莉蒂在的时候——还不是那么可怕，他只会用他油滑的腔调喊我一声："哈啰，小妞。"然后就放过我。然而，要是我独自一个人，比如我常常在后院里趁着短暂而微弱的冬日阳光晾衣服时，他就会跨进这小小的密闭空间，从我刚刚挂上的床单后面，或是隔着我主人的衬衫，然后伸手摸我。我尽可能地保持一个女佣对一位先生的礼貌态度推开他，虽然如此，他还是有办法越来越熟悉我胸部的形状，以及我衣服下面大腿的触感。他对我说的那些东西我努力想忘记，他嘴里吐出来的字眼我这辈子不敢重复给任何一个人听。

在画室里摆完姿势后，他总会花几分钟去看卡萨琳娜，让他女儿和妹妹在旁边耐心地等他闲扯调情。虽然玛莉亚·辛已经嘱咐过他别向卡萨琳娜提起那幅画的事，但他显然不是一个甘心安静保守秘密的人。他很得意自己将要拥有我的画像，时而会向卡萨琳娜暗示这件事。

有一天当我在走廊拖地的时候，不经意地听见他对她说："如果你先生可以画世界上任何一个人，你会要他画谁?"

"噢，我不去想这样的事情，"她笑着回答，"他高兴画谁就画谁。"

"这我就不知道了。"凡路易文极为刻意地让它听起来话中有话，就连卡萨琳娜也听出了暗示。

"什么意思?"她追着问。

"没有，没什么。不过你应该叫他为你画一幅画，他应该不会拒绝。他可以画其中一个小孩——或许，玛提格吧。或是美丽的您自己。"

卡萨琳娜沉默不语。凡路易文很快地改变话题，想必是察觉自己刚刚说的话让她心情不好。

又有一次，当她问他喜不喜欢当模特儿摆姿势时，他回答："如果有个漂亮小妞跟我坐一起的话我会更高兴。不过没关系，反正我很快就会有一个了，所以现在只好将就一下吧。"

如果在几个月前，卡萨琳娜一定会继续追问下去，但这一次她没有多问。也许是因为她完全不知道有这么一幅画，所以也不觉得他的话听起来可疑。然而我吓坏了，跑去向玛莉亚·辛重复他的话。

"你一直在门后偷听吗，女孩?"这个老太婆问。

"我——"我不能否认。

玛莉亚·辛冷笑。“也该是我逮到你干些女佣把戏的时候了，下一次你可能要偷银汤匙了。”

我打了一个寒颤。她的话听起来非常无情，尤其在可妮莉亚和梳子这样的事件过后。然而我别无余地——我欠玛莉亚·辛一大笔人情。她有权利说这样刺人的话。

“不过你说得没错，凡路易文的嘴比一个妓女的荷包还松，”她继续道，“我会再跟他说。”

然而，跟他说一点用也没有，反而好像刺激他找更多机会去试探卡萨琳娜。到后来，玛莉亚·辛不得不在他来访的时候出现在房里陪她女儿，想办法封住他的嘴。

如果卡萨琳娜发现了我的画像，我不知道她会作何反应。而且有一天——若不是在屋子里，那么就是在凡路易文家——当她用餐到一半不经意地抬起头来，她将会看到我从墙上盯着她望。

他并不是每天都进行我的画像，他同时还要画演奏会，无论凡路易文有没有来。当他们没来的时候，他就画他们周遭的物品，或是叫我代替其中一个女人的位置——坐在大键琴前的女孩、站在旁边拿着乐谱唱歌的女人。我没有穿她们的衣服，他只是想要有个人在那里。有时候凡路易文没有来，而是两位小姐自己来，在这种情形下他画得最有效率。凡路易文自己是一个难缠的模特儿，我在阁楼工作的时候可以听见他的声音，他坐不住，又老是想讲话或弹他的鲁特琴。我主人对凡路易文就像对待一个小孩一样很有耐心，但有时候我可以听出他的声音里隐隐夹杂着厌烦的语气，然后我知道那天晚上他会出门上酒馆，回来的时候一双眼睛像闪烁的银汤匙。

一个星期有三四天我为他替另一幅画摆姿势，每次一两个小时。那是一个星期中我最喜欢的时刻，在那几个小时里他的眼睛只在我身上。我不在乎这个姿势很难维持，或是侧着眼看太久让我头痛。我不在乎有时候他要我一次又一次地转头，让垂下来的黄布随着晃动，让他可以画出我猛然转头望向他的一刹那。他叫我做什么我都做。

然而他并不快乐。二月过了三月到临，外面有雪也有阳光，然而他还是不快乐。这幅画他已经画了将近两个月，尽管我没有看到，但我想它一定已接近完成。他不再叫我为它混合大量的颜料，当我坐在他面前的时候他几乎不怎么动笔，而且只用到一点点颜料。以前我以为自己了解他要什么样子的我，但现在我不确定了。有时候他只是坐在那里望着我，仿佛在等我做些什么，这个时候的他不像个画家，而像个男人，让我很难直视着他。

有一天当我坐在我的位置上时，他忽然开口宣布："这幅画凡路易文应该够满意了，但对我还不够。"

我不知道要说什么，我没有见过画所以也帮不了忙。"先生，我可以看看画吗?"

他疑惑地凝望着我。

“也许我可以帮忙。”我补充，然后马上后悔，我怕我变得太鲁莽。

“好吧。”过了一会他说。

我站起来走到他身后，他没有转身，然而坐得很僵硬，我可以听见他缓慢而平稳的呼吸。

这幅画一点都不像他其他的画，上面只有我，我的头和肩膀，没有桌子或窗帘，没有窗户或粉刷来缓和或分散视线。他画我睁大双眼，光线落在我脸上，我的左半边笼罩在阴影下。我穿戴着蓝色、黄色及褐色，包在我头上的头巾让我看起来不像我自己，而像是来自另一个城镇，甚至是来自另一个国家的葛里叶。黑色的背景凸显出我是单独一个人待在那里，不过很明显地我正看着某个人。我仿佛在等待一件我料想不到的事情。

他说得没错——这幅画够让凡路易文满意了，然而里面少了什么。

我比他还早看出来。当我发现画中缺少的物品时，我打了一个冷颤——就像在其他的画里一样，他需要有闪亮的一点来抓住目光。这样就可以完成了，我心想。

我果然猜对了。

不像上次凡路易文太太写信的那幅画一样给他一点提示，这次我不打算帮他。我没有溜进画室去移动物品——调整我坐的椅子，或是把百叶窗拉开一点。我没有换不同的方法缠绕蓝色和黄色的头巾，或是藏起我衬衣的领口。我没有故意咬嘴唇好让它们更为红润，或是把脸颊吸进去一点。我没有摆出我以为他可能会用到的颜色。

我只是坐着给他画，然后研磨和冲洗他所要求的颜料。

反正他自己会发现。

然而比我预期的还久，我又为他摆了两次姿势后他才发现到底少了什么。那两次我坐在位置上时，他都露出一脸不满意的神情画着，然后早早就叫我离开。

我等待着。

是卡萨琳娜给了他答案。一天下午我与玛提格在洗衣房里擦鞋子，其他的女孩们聚集在大厅里，看她们的母亲梳妆打扮准备前往一场庆生宴。我听见爱莉蒂和莉莎白兴奋地尖叫，知道卡萨琳娜拿出了女孩们最喜爱的珍珠。

接着我听见他踱步走进长廊，先是一阵沉默，然后传来低低的说话声。过了一会他朝外头喊：“葛里叶，给我太太倒杯酒来。”

我把白色的酒壶和两个酒杯放在托盘上，以防他决定与她一起喝，然后一起端到大厅里。我进房的时候撞到了一直站在门边的可妮莉亚，我设法抓稳酒壶，而两只玻璃杯跌在我胸前，幸好没打破。可妮莉亚得意地笑了笑，然后站开来让我通过。

卡萨琳娜坐在桌子前，桌上摆着她的粉刷与粉盒、她的梳子以及珠宝盒。她戴着珍珠，身穿一件绿色的绸缎礼服，衣服的腰部顺着她隆起的肚子改过了。我把托盘在她身旁放下，然后倒了一杯酒。

“先生，您也要一点吗?”我抬起头问。他倚在绕着床摆放的橱柜上，身体压着丝质的帷幕，我第一次发现它们和卡萨琳娜的礼服是同样的布料。他看了看卡萨琳娜然后又看看我，脸上是画家的神情。

“蠢女孩，你把酒溅到我身上了!”卡萨琳娜急忙一推远离桌边，然后伸手拍掉肚子上的酒渍，几滴红色的液体洒在上面。

“抱歉，太太，我去拿块湿布把它擦掉。”

“噢，算了，我受不了你在我旁边笨手笨脚。走开吧。”

我趁着收拾托盘的时候偷看了他一眼，他的眼睛盯着他太太的珍珠耳环。当她转过头去往脸上扑更多的粉时，耳环轻轻地前后晃荡，反射着前方窗户照进来的光线。它牵引我们忍不住去看她的脸，它和她眼睛一样闪闪发亮。

“我得上楼去一下，”他对卡萨琳娜说，“不会很久。”

那么，就是这样了，我想。他找到了答案。

隔天下午他叫我到画室去。以往当我知道要为他摆姿势时，总会感到很兴奋，但这一次我却不觉得，我第一次感到害怕。那天早上我洗的衣服好像浸饱了水，特别沉重，而我的手没有力气拧干它们。我缓慢而呆板地进出洗衣房及后院，并坐下来休息了好几次。当玛莉亚·辛走进来找一个铜制的平底锅时，正好抓到我坐着休息。“怎么了，女孩？你不舒服?”她问。

我跳起来。“没有，夫人。只是有点累。”

“累，嗯？这可不是女佣可以抱怨的事，尤其在大清早。”她看起来并不相信我。

我把双手投入冷水中，拉出一件卡萨琳娜的衬衣。“夫人，今天下午有什么您需要我帮忙跑腿的吗?”

“跑腿？今天下午？我想没有。你问这个问题实在很奇怪，你不是说觉得很累吗?”她眯起眼睛，“你没惹麻烦吧，女孩？凡路易文没在暗处逮到你吧，有吗?”

“没有，夫人。”事实上有，那是两天以前才发生的事，然后我设法从他身边逃开了。

“还是有人发现你在楼上?”玛莉亚·辛低声问，她扬扬下巴指向画室。

“没有，夫人。”一时间我有股冲动想告诉她耳环的事，不过最后我说，“我只是吃了不好消化的东西，没什么。”

玛莉亚·辛耸耸肩，转身离开。她仍然不相信我，但决定认为那应该无关紧要。

那天下午我踩着沉重的步伐走上楼梯，然后在画室门口停了一会。这次将和以前的情况不一样，他将会要求我为他做一件事，而我欠他一份情。

我推开门，他坐在画架前，专心检视着一支画笔的笔尖。当他抬头看我时，我在他脸上看到我从没见过的神情。他很紧张。

这给我勇气说出我想讲的话。我走上前去站在我的椅子边，伸出手抓住椅背上其中一只狮子的头。“先生，”我开口，紧握着又硬又冷的木头雕刻，“我办不到。”

“办不到什么，葛里叶?”他很惊讶。

“我办不到您要我做的事。我不能戴，女佣不配戴珍珠的。”

他盯着我看了好一会，然后摇摇头。“你实在令人意外，你总是让我惊讶。”

我的手指轻抚着狮子的鼻子和嘴巴，然后滑过它的下颚到光滑而多节的鬃毛。他的眼睛跟随着我的手指移动。

“你应该知道，”他喃喃地说，“这幅画需要那一点，需要珍珠耳环反射的亮光，不然它无法完成。”

我知道。我没有注视那幅画很久——看见自己的感觉实在太奇怪了——但我立刻就明白画里需要珍珠耳环。没有它的话就只是我的眼睛、我的嘴巴、我衬衣的领口、我耳后的黑暗空间，所有的东西分散在那里。耳环将使它们结合在一起，它将能完成这幅画。

它同时也会让我流落街头。我知道他不会去向凡路易文或凡利瓦伊欧或是其他人借一对耳环，他看到了卡萨琳娜的珍珠耳环，而那就是他要我戴的。他想要他的画里面有什么他就用什么，不去考虑后果，凡利瓦伊欧曾经警告过我。

当卡萨琳娜在画中看到自己的耳环时，她会气疯。

我应该恳求他别毁了我。

“您是为凡路易文画的，”相反地我跟他争辩，“不是为您自己。真的这么有关系吗？您自己也说过，这样子他就会满意了。”

他的脸沉了下去，我知道我说错话了。

“如果我知道一幅画还没有完成，我会一直画下去，不论它最后是要给谁，”他低声说，“那不是我作画的方式。”

“是的，先生。”我吞了一口口水，凝视着瓷砖地板。傻女孩，我心想，我的下巴紧绷起来。

“快去准备你自己。”

我垂着头，匆忙走进我放置蓝布和黄布的储藏室。我从没如此强烈地感受到他的反对，我想我会受不了。我摘下包巾，束着我头发的丝带松开了，我索性把它拉下来。正当我伸手到背后拢起散落的头发时，我听见画室地板上一块松脱的瓷砖咔地一响。我僵住了。他从没在我换头巾的时候走进储藏室，他从没向我要求过这一点。

我转过身，双手仍埋在头发里。他站在门口，凝视着我。

我垂下手臂，我的头发像波浪一样披落在肩膀上，一整片深棕色像是秋天的原野。除了我自己，没有任何人看过。

“你的头发。”他说。他不再对我生气。

最后，他的眼睛终于放开我。

如今他看过了我的头发，如今他看过了赤裸的我，我不再觉得自己有什么珍贵的需要隐藏起来的东西。我可以更为自由，若不是对他，那么就是对别人。我做了什么，或是没做什么，已经不再重要。

那天傍晚我从屋里溜出来，在肉市附近肉贩们常去的一间酒馆里找到了小彼特，在众人的口哨和搭讪声中，我旁若无人地走向他，然后叫他跟我出来。他放下麦酒，睁大眼睛，跟着我走出酒馆外，接着我拉起他的手，领他走进附近的一条小巷里。在暗巷里我撩起我的裙子，让他做任何想做的事。我伸出双手紧紧抱着他的脖子，撑住自己，直到他找到路径进入我的身体，并开始有节奏地推动。他让我感到疼痛，不过当我回想起在画室里我的头发披散在肩膀上的景象，我仿佛也觉得有某种快感。

之后，回到天主教区，我用醋清洗自己的身体。

后来我再去看那幅画，在我左眼之上，他加了一缕头发从蓝布底下偷溜出来。

接下来一次我为他摆姿势作画时，他并没有提到耳环的事。他没有如我所恐惧地把耳环交给我，也没有改变我坐的姿势，或是停止作画。

他也没有再走进储藏室看我的头发。

他坐了很久，用画刀在调色板上混合着颜色，板子上有红色及赭红，但他手下混合的颜料主要是白色，里面加了几抹黑色，他缓慢而小心地把它们搅拌在一起，菱形的银色刀锋在灰色的颜料里时而闪现。

“先生？”我开口。

他抬头看我，手里的刀子停住。

“我曾经看过您有时候就算模特儿没有来也能作画，您能画我戴着耳环，然而又不用我亲自戴吗？”

画刀仍然不动。“你要我想象你戴着珍珠耳环，然后依照我的想象来画？”

“是的，先生。”

他低头去看颜料，画刀又动了。我想他嘴边泛着一丝微笑。“我想看你戴着耳环。”

“先生，可是您知道接下来会发生什么。”

“我知道这样一来画就完成了。”

您会毁了我，我心想，但我还是不敢说出口。“当您太太看到完成的画时，她会怎么说？”我只能鼓起勇气大胆地问。

“她不会看到，我会直接把它交给凡路易文。”这是他第一次承认因为卡萨琳娜会反对，所以他秘密地画我。

“你只要戴它一次，”他补充说，仿佛在安抚我，“下一次我画你的时候我会把它带来，下个星期，借用它一个下午卡萨琳娜不会发现。”

“先生，可是，”我说，“我并没有穿耳洞。”

他微微皱了眉。“那么，你得想办法。”很明显地这是女人的琐事，不是什么他觉得需要他去关心的。他敲敲刀子，拿一条布把它擦干净。“现在，我们开始。下巴低一点。”他望着我，“舔一下嘴唇，葛里叶。”

我舔一下嘴唇。

“嘴巴张着不要闭上。”

这个要求让我震惊极了，我的嘴巴不由自主地张开。我眨眨眼忍住眼泪，贞洁的女人不会在画里张开她们的嘴巴。

这就好像当我和彼特在巷子里时他也在旁边。

你已经毁了我，我心想，我又舔了一次嘴唇。“很好。”他说。

我不想自己做这件事，我不是怕痛，而是不想拿一根针刺穿自己的耳朵。

如果我能够选择找别人帮我弄，那将会是我母亲。但她一定无法了解，也一定不会同意无缘无故地为我穿耳洞。而如果她知道了理由，她一定会吓坏。

我不能找坦妮基，或是玛提格。

我想到去找玛莉亚·辛帮忙，她或许还不知道耳环的事，但她很快地就会发现。虽然如此，我没有办法走上前去拜托她，去让她加深我的耻辱。

唯一可能了解并愿意帮我的人是法兰。隔天下午我带着玛莉亚·辛以前给我的针线盒偷溜出门，工厂大门口那个脸很臭的女人听到我要找法兰，冷笑了一声。

“他早就走了，走了最好。”她慢条斯理地回答，好像在品尝这些字。

“走了？走去哪里？”

女人耸耸肩。“去鹿特丹，他们说的。不过，鬼才晓得，说不定他会在海上发大财，只要他不要累死在某个鹿特丹妓女的大腿间。”最后那一句刻薄的话让我不禁多看了她一眼，她怀着身孕。

可妮莉亚一定不知道当她打破画着法兰与我的瓷砖时，她的预言果然成真——他将与我和家人分离。我还会再见到他吗？我心里想着，我们的父母会怎么说？我从来不曾感到如此孤单。

第二天从鱼市回家的路上，我在药房停了一下。药剂师现在已经认识我了，他甚至还直呼我的名字欢迎我。“今天他又要些什么呀？”他问，“画布？朱砂？赭土？亚麻籽油？”

“他没有需要什么，”我紧张地回答，“太太也没有要，我来是——”有一时间我考虑请求他帮我穿耳洞，他看起来像是一个明理的人，或许会愿意帮忙，又不告诉任何人，或是要求知道原因。

我没有办法向一个陌生人要求这样一件事。“我需要一些能让皮肤麻木的东西。”我说。

“让皮肤麻木?”

“对，就像冰块一样。”

“你为什么想要让皮肤麻木?”

我耸耸肩没有回答，专注地研究他身后柜子上的瓶瓶罐罐。

“丁香油。”最后他叹了一口气说，然后伸手到背后拿下一个小玻璃瓶。“涂抹在那个部位上，然后等几分钟。不过这不能维持很久。”

“请给我一点。”

“谁来付这个的钱呢?你的主人?这可是很珍贵的，是从很远的地方运来的。”他的声音里混杂了好奇与不赞成。

“我自己付，我只要一点点。”我从围裙下拿出一个皮囊，数了几个珍贵的银币放在桌上，小小一瓶丁香油就花掉了我两天的工资。我之前先跟坦妮基借了一点钱，保证星期天拿到钱后再还给她。

那个星期天当我把减少的工资交给母亲时，我告诉她我打破了一面手镜，必须要付钱赔偿。

“那可要花超过你两天的工资才赔得起，”她责骂我，“你在干吗，照镜子啊?怎么这么不小心。”

“没错，”我同意，“我最近非常不小心。”

我等到很晚，直到确定屋子里每个人都睡了。虽然通常晚上画室的门锁起来后就不会有人再上来，但我还是很怕会有人发现，抓到我拿着针、镜子和丁香油。我站在上锁的门边，侧耳倾听。我可以听见卡萨琳娜在楼下的长廊里走来走去，她最近睡得很不好——她的身体变得太重，不管用什么姿势躺都很不舒服。然后我听见一个小孩子的声音，女孩的，她试着压低声音但掩不住高亢的嗓音——是可妮莉亚跟她母亲在一起。我听不见她们在说什么，而且因为我被锁在画室里，我也不能溜到楼梯口去听清楚她们的谈话。

玛莉亚・辛也在储藏室隔壁的房间里走动。屋子里很不安稳，这让我也很不安稳。我勉强自己坐在狮头雕刻的椅子里等待，我并不想睡，我从来不曾觉得这么清醒。

好不容易卡萨琳娜和可妮莉亚回房睡觉，隔壁的玛莉亚・辛也停止骚动。屋子里渐渐静了下来，我仍然坐在椅子上，坐在那里比起我待会要做的事容易的多。等到我没有办法再耽搁下去，我才站起身来，先去瞥了一眼画像。此刻我唯一能够看到的，只是在应该有耳环的地方有一个大洞，这部分将由我来填满。

我举起蜡烛，在储藏室里找到了镜子，然后爬回阁楼。我把镜子靠着墙竖立在研磨桌上，然后把蜡烛放置在旁边。我拿出针线盒，选了一枚最细的针，把针尖放在蜡烛的火焰中烧。接着我打开丁香油瓶，原本我以为它跟大部分的药材一样，闻起来很臭，像是土壤或烂叶子的味道，相反地，它的气味甜腻而奇特，像是放在太阳下烘烤的蜂蜜蛋糕。它是从遥远的地方来的，从法兰坐着船可能会经过的遥远地方。我倒了几滴在一块布上，用它擦了擦我的左耳垂。药剂师说得没错——等过了几分钟我再去摸耳垂时，感觉好像我在寒风中站了好一会，而没有用围巾包住耳朵。

我把针从火焰中移开，让烧红的针尖转为暗淡的橘色然后变成黑色。我倾身向镜子，望着自己的脸孔好一阵子，在烛光的映照下，我的眼里盈满了水，闪烁着恐惧。

快点动手，我心想，拖下去也没有用。

我拉紧耳垂，然后用一个迅速的动作把针戳进我的肉里。

在我痛昏过去前我想到，我一直都很想戴珍珠耳环。

每天晚上我用丁香油涂抹我的耳朵，然后拿一根稍微粗一点的针戳进洞里，使它不要闭合。一开始还不是非常痛，直到后来耳垂发炎并开始肿胀，之后不论我在耳朵上抹了多少丁香油，每当我拿针穿进去的时候我的眼泪就不停地掉。我不知道自己到时候要怎么戴上耳环而不会再痛昏一次。

我很庆幸我的包巾遮住了耳朵，因此没有人会看见我红肿的耳垂。每当我弯身去拿冒着蒸汽的洗涤衣物，或是研磨颜料，或是跟彼特和我父母坐在教堂里时，它就会一阵阵抽痛。

当一天早上凡路易文抓到我在后院晾床单时，我的耳垂也抽痛不已。他试着把我的衬衣拉下肩膀，露出我的胸部。

“你不应该反抗我的，小妞。”当我向后退想逃离他时，他喃喃地说。“如果你不反抗的话，我会让你更享受。而且你知道，反正等我拿到画的时候，你也就是我的了。”他把我往墙上一推，然后低下头用嘴唇贴上我的胸部，他的手抓着我的乳房想把衣服扯开。

“坦妮基!”我绝望地大叫，只希望奇迹出现，她去面包店采买能提早回来。

“你们在干吗?”

可妮莉亚站在门口看我们，我从没想过自己会这么高兴见到她。

凡路易文抬起头退后一步。“我们在玩游戏呢，小妹妹，”他微笑着回答，“只是一个小游戏，等你大一点后你也会玩。”他拉平他的外衣，然后从她身旁走过进入屋里。

我无法直视可妮莉亚的眼睛，我颤抖着双手塞回松开的衬衣，抚平衣裙，等我最后抬起头来，她已经不见了。

我十八岁生日的那天早晨，我一如往常地起床打扫画室。音乐会的画已经完成了——再过几天凡路易文就会来看画，并把它带走。尽管我现在不再需要，我仍旧小心翼翼地打扫为画摆设的布景，掸去大键琴、小提琴、低音提琴上的灰尘，用一块湿布把桌布拍干净，擦亮椅子，拿拖把拖净灰白交杂的地板瓷砖。

比起他其他的画，我并不是很喜欢这一幅。虽然画里有三个人表示它更有价值，我还是比较喜欢他只画单独一个女人的作品——它们比较单纯，没那么复杂。我发现我并不想盯着这幅音乐会的画看太久，或试图去了解里面的人在想些什么。

我想知道他接下来要画什么。

下楼之后我把水放在火上加热，然后问坦妮基需要我去肉贩那里买什么，她正在扫屋子前的阶梯和瓷砖。“一块牛肉，”她回答，倚着扫把，“为什么不吃点好的?”她揉揉下背，咕哝着说，“可以让我忘记背痛。”

“你的背又痛了?”我试着表示同情，不过坦妮基永远在背痛，一个女佣永远都会背痛，这是女佣生活的一部分。

玛提格跟我一起到肉市，我很高兴有她——自从那天晚上在巷子里的事之后，我独自见到小彼特都会很尴尬，我不确定他会怎么对待我。然而，如果玛提格跟我在一起，他就不得不注意言行。

小彼特不在那里，只有他父亲，他对我咧嘴笑。“哈，今天生日的女佣!”他大喊，“今天可是你的大日子。”

玛提格惊讶地看着我，我没有跟家里的人提到我的生日——没有理由这么做。

“才不是什么大日子。”我打断他。

“我儿子可不是这么说的，他出去了，去办事，要去见某个人。”彼特老爹对我挤挤眼。我全身的血液冻结了，他的话中带话，夹着我应该要懂的暗示。

“给我最上等的一块牛肉。”我决定不去理他。

“打算要庆祝吗?”彼特老爹从不放过任何一个机会，总会尽可能地刺探到底。

我不回答，我只是等着，直到他把我要的东西交给我，我把牛肉放进菜篮然后转身离开。

“葛里叶，今天真的是你的生日吗?”我们离开肉市的时候玛提格悄声问。

“嗯。”

“你几岁?”

“十八。”

“为什么十八岁是大日子?”

“那才不是，你不要听他说的话——他这个人爱开玩笑。”

玛提格看起来并不相信，我自己也不相信，他的话牵动了我心里的某样东西。

一整个早上我都在冲洗和浸泡脏衣服，当我坐在一盆冒着蒸汽的热水前时，我的心思飞向许多不同的事情。我想着不知道法兰现在何处，我父母是否已经听说他离开了台夫特；我想着彼特老爹之前的话是什么意思，彼特这时又在哪里；我想到在巷子里的那个晚上；我想到我的画像，想着不知道它什么时候会完成，而到时候我又会碰到什么事。这段时间我的耳朵一直不停抽痛，只要我稍微移动我的头，就会感觉到一阵阵刺痛。

最后来找我的是玛莉亚·辛。

“别洗了，女孩，”我听到她从我身后说，“他要你上楼去。”她站在门口，手里摇晃着什么东西。

我迷惑地站起来。“现在吗，夫人？”

“对，现在。你不用跟我装糊涂，女孩，你知道怎么一回事。卡萨琳娜早上出门去了，这可是个少有的机会，尤其她现在快临盆了很少会出门。把手伸出来。”

我在围裙上擦干一只手，然后伸出去，玛莉亚·辛在我手掌中放下一对珍珠耳环。

“现在拿着它们上楼去，快。”

我动弹不得。我手里拿着两颗榛果大小、水滴形状的珍珠，它们是银灰色的，在阳光下闪耀着一点刺眼的白光。我也曾经摸过珍珠，以前我常拿它们上楼给凡路易文太太，帮她戴上，或是把它们摆在桌上，但它们跟我并没有关系，然而现在我手里的却是给我的。

“去呀，女孩，”玛莉亚·辛不耐烦地咕哝，“卡萨琳娜说不定会比预计的还早回来。”

我留下没有拧干的湿衣服，蹒跚地走进长廊。坦妮基刚好从运河边提水回来，我在她的注视下爬上楼梯，爱莉蒂与可妮莉亚正在走廊里打弹珠，她们全都抬头望向我。

“你要去哪里?”爱莉蒂问，她灰色的眼睛闪亮着好奇。

“去阁楼，”我轻轻回答。

“我们可以跟你去吗?”可妮莉亚带着嘲讽的语气说。

“不行。”

“女孩们，你们挡住我的路了。”坦妮基从她们身旁挤过去，她的脸色阴沉。

画室的门半掩着，我抿紧双唇，跨步进去，我的胃纠结在一起。我把门在身后带上。

他正在等我，我向他伸出手打开握紧的拳头，珍珠耳环跌落他掌中。

他对我微微一笑。“去把你的头巾缠上。”

我在储藏室里更换头巾，他并没有进来看我的头发。当我转身，我瞥见《老鸨》那幅画挂在墙上，画里的男人正对着年轻女人笑，仿佛他正在市场里捏着梨子想知道它们熟透了没。我打了一个哆嗦。

他拎着耳环的挂勾把一颗珍珠高高举起，窗口射进来的光线聚集在珍珠表面，反射出一小片耀眼的白光。

“拿去吧，葛里叶。”他把珍珠递给我。

“葛里叶！葛里叶！有人来这里找你!”玛提格在楼梯下面喊。

我跨步到窗户边，他走到我身旁，我们一起探头往下望。

小彼特双手抱胸，站在下面的街道上。他仰起头，看到我们一起站在窗户边。“葛里叶，下来，”他喊道，“我要跟你说话。”他看起来好像横了心打算就一直站在那里。

我退后一步离开窗户。“对不起，先生，”我低声说，“我不会去很久。”我匆匆跑向储藏室，拉掉头上的布条换回我的包巾。当我穿越画室的时候，他仍站在窗口，背对着我。

女孩们在长椅上坐成一排，睁大眼睛盯着彼特，彼特也瞪着她们。

“我们去角落那边。”我悄声说，往马伦港的方向移动。彼特并没有跟上来，他仍然手抱着胸站在原地。

“刚刚你在楼上的时候头上戴的是什么东西？”他问。

我停住脚步转过身。“包巾。”

“不，那是蓝色跟黄色的。”

五对眼睛盯着我们瞧——长椅上的女孩以及窗口边的他。然后坦妮基出现在门口，加起来总共有六对。

“彼特，拜托，”我压低声音说，“我们去远一点的地方。”

“我现在要说的话不怕给任何人听见，没什么好躲躲藏藏的。”他一扬头，金色的鬈发落在他耳际。

我看得出来他不打算闭嘴，他会当着他们所有人的面说出我所恐惧的话。

彼特并没有提高声调，但他的话我们全听得清清楚楚。“今天早上我向你父亲提过了，现在你已经十八岁，他同意我们可以结婚。你可以离开这里跟我走，今天。”

我感觉脸上一阵热，是因为愤怒还是耻辱我也不清楚。每一个人都在等我回答。

我深吸一口气。“这里不是谈这种事的地方，”我严厉地回答，“不是在这样的大马路上，你来这里是大错特错。”不等他回答，我转身进屋，然而临走前我瞥见他受伤的表情。

“葛里叶！”他大叫。

我从坦妮基旁边侧身而过，她说得非常小声我不确定自己听得对不对。“婊子。”她说。

我跑上楼来到画室，当我关上门的时候他还站在窗边。“对不起，先生，”我说，“我现在就去把包巾换掉。”

他没有转身。“他还在那里。”他说。

等我回来后，我走到窗口边，然而我不敢站得太近，免得彼特又看到我头上包着蓝色与黄色的头巾。

我的主人不再低头看下面的街道，而是望向新教教堂的尖塔。我瞄了一眼——彼特已经走了。

我在雕着狮子头的椅子上坐好，等着。

最后他转过头来面对我，他的眼睛一片迷蒙，更甚于以往，我不知道他在想些什么。

“所以你要离开我们了。”他说。

“噢，先生，我不知道，不要理会随便在马路上乱讲的话。”

“你要嫁给他吗?”

“请不要问我他的事。”

“唔，或许我不该问。总之，我们开始吧。”他伸手到身后的橱柜里，捡起一只耳环，然后递给我。

“我要你来。”我从没想过自己居然敢这么大胆。

他也一样。他扬起眉毛，张开嘴巴好像要说话，不过什么都没说。

他走向我的椅子。我的下巴僵硬，然而我仍努力扬着头保持不动。他伸出手来，轻柔地触摸我的耳垂。

我猛吸一口气，仿佛刚刚在水里憋气太久。

他用大拇指和食指揉揉肿胀的耳垂，然后把它拉紧，他的另一只手把耳环的挂钩戳进洞里，然后轻推一下穿了过去，一股火烧般的疼痛刺穿我的身体，我的眼里涌出泪水。

他没有拿开他的手。他的手指拂过我的颈子然后滑向我的下巴，他沿着我的侧脸抚摸上我的脸颊，然后用拇指抹去从我眼眶溢出的泪水。他的拇指滑过我的下唇，我轻轻一舔，尝到咸咸的味道。

我闭上眼睛。他移开他的手指，等我再度睁眼时，他已经回到画架边坐好，并拿起调色板。

我坐在我的位置上越过肩膀凝望着他，感觉耳朵燃烧般的疼痛，珍珠的重量拉扯着耳垂。脑中只是不停回想他的手指抚摸我的脖子、他的拇指滑过我的嘴唇。

他看着我但没有动手画，我想知道他在想什么。

最后他又伸手到背后。“你得把另一个也戴上，”他宣布，捡起第二个耳环递给我。

有好一阵子我说不出话来，我要他想着我，而不是画。

“为什么?”终于，我回答，“在画里面又看不见。”

“你必须两边都戴上，”他坚持，“只戴一边不像话。”

“可是——我另一只耳朵没有穿耳洞。”我支吾地说。

“那么你得想办法。”他仍旧拎着耳环伸出手。

我伸手接过来。我是为他做的。我拿出针线盒与丁香油，穿了另一边的耳洞，我没有哭、没有昏倒、没有发出任何声音。然后我一整个早上坐在那里，让他画他看得见的那一个耳环，而在他看不见的那一边，我感觉到垂吊着珍珠的耳朵如火焰灼烧般刺痛。

洗衣房里浸泡在水里的衣服冷掉了，水变得混浊。坦妮基在厨房里闲聊，女孩们在屋外笑闹，而在关起的门后，我们直直坐着，凝视对方。而他在画画。

最后他放下画笔和调色板，虽然我的眼睛因为长时间斜着看而酸痛，但我没有改变姿势。我不想移动。

“完成了。”他说，他的声音闷闷的。他转过身去拿起一块布擦拭他的画刀，我望着刀子——上头有白色的颜料。

“把耳环拿下来，等你下楼的时候交还给玛莉亚·辛。”他又加一句。

我开始安静地哭，我站起身走进储藏室，没有看向他。我把头上的蓝布和黄布摘下来，头发披落肩膀，我等了一会，但他并没有进来。如今画已经完成了，他不再需要我。

我望着小镜子里的自己，然后取下耳环，耳垂上的两个洞都在流血。我拿一小块布把血迹擦掉，然后绑好头发，戴上包巾盖住我的头发及耳朵，让包巾的两个尖角垂到下巴之下。

等我再出来时他已经不在了，画室的门为我开着。有一刹那我想去瞄一眼那幅画，看他做了什么改变，看摆上了珍珠后，它完成的样子。我决定等到晚上，那时候我可以仔细地观看，不用担心有人会走进来。

我越过画室，把门在身后关上。

我始终很后悔自己的决定，我永远没能好好看一眼完成的画像。

我把耳环交给玛莉亚·辛后，她马上把它们放回珠宝盒，没过几分钟，卡萨琳娜就回来了。我急忙赶去厨房帮坦妮基准备午餐，她始终没有正眼瞧我，只是斜着眼看我，偶尔还会摇摇头。

他并没有来用餐。他出门去了。我们收拾完桌子后我就回到后院，把没洗完的脏衣服重新洗一遍，我得再去提干净的水来加热。在我工作的时候卡萨琳娜在大厅里午睡，玛莉亚·辛在耶稣受难室抽烟及写信，坦妮基坐在大门口缝补衣服，玛提格坐在长椅上织花边，在她身旁，爱莉蒂和莉莎白正在检视她们的贝壳收藏。

我没看到可妮莉亚。

正当我把一条围裙挂上晒衣绳的时候，我听见玛莉亚·辛说："你要去哪里?"迫使我停下手边工作的不是她说的话，而是她的语气，她的声音听起来很焦虑。

我溜进屋里，走进长廊，玛莉亚·辛站在楼梯脚，抬头上望。坦妮基走进来站在大门口，就像今天早上一样，不过这时她面对着屋里，并顺着她女主人的目光往上看。我听见楼梯吱呀地响，上面传来沉重的呼吸声，卡萨琳娜正拉着扶手费力爬上楼。

在那一瞬间我明白将会发生什么事——对他、对她、对我。

可妮莉亚在那里，我想，她正带领她母亲去看那幅画。

我本来可以缩短等待的痛苦，我本来可以当场就离开，搁下没洗完的衣服走出大门，头也不回。然而我动弹不得，我僵硬地伫立在原地，就如同僵在楼梯脚的玛莉亚·辛一样，她也知道会发生什么事，却阻止不了。

我跌坐在地上，玛莉亚·辛看到我，不过没有说话，她继续不安地往上看。然后楼梯上的声响停了下来，我们听见卡萨琳娜沉重的脚步拖向画室门口，玛莉亚·辛猛然跨上楼梯。我仍跪在地上，没有力气站起来。坦妮基站在大门口挡住了射进屋内的光，她双手抱胸望着我，脸上没有任何表情。

很快地楼上传来一声愤怒的叫喊，然后提高的声音很快又压低了下来。

可妮莉亚走下楼梯。“妈妈要爸爸回家。”她对坦妮基宣布。

坦妮基退后一步走出门外，然后转身朝向长椅。“玛提格，去公会找你爸爸，”她命令，“快点，告诉他事情很重要。”

可妮莉亚环顾四周，当她看到我的时候她的脸亮了起来。我从地上起身，僵硬地走回后院，除了把衣服晾起来并等待外，我什么都不能做。

他回来之后，刚开始我以为他会到后院，寻找躲在高挂的床单后面的我。他没有来——我听见他上楼梯，然后就一片安静。

我倚着温暖的砖墙仰头上望，天空明亮而万里无云，蓝得好像在讽刺什么。这样的天气，应该是这样的场景——孩童在街上跑来跑去大声喊叫；情侣走出城门，沿着运河散步经过转动的风车；老太太坐在阳光下合上眼睛。我父亲此时大概正坐在屋前的长椅上，脸孔朝向温暖的阳光。明天或许会变得很冷，不过今天的天气是春天。

他们派可妮莉亚来找我。她从晾起来的衣服之间出现，带着残酷的讥笑低头望着我，忽然间我很想给她一巴掌，就像我第一天来这间屋子工作时所做的一样。不过我没有——我只是坐着，双手放在腿上，垂着肩膀，望着她露出兴高采烈的神情。阳光照在她红色的头发上，闪烁着几丝金黄色的光芒——她母亲的痕迹。

“楼上要你去一趟，”她以一种正式的语气说，“他们要见你。”她转身轻快地跑回屋里。

我弯下腰用手拍去鞋子上的灰尘，站起身，整理一下裙子，抚平围裙，拉了拉包巾的两角把它戴紧，然后检查有没有松散的发丝。我舔了舔嘴唇并用力一抿，深吸一口气，跟上可妮莉亚。

卡萨琳娜已经哭了一阵子——她的鼻子红红的，双眼浮肿。她坐在他平常拉到画架前的那张椅子上——椅子已经被推到墙壁和他放画笔及调色板的橱柜边。看到我出现，她撑起身体站起来，这么一来她也是站立的姿势，而且又高又大。她盯着我看，但没有说话。她用力捏着环抱着肚子的手臂，露出痛苦的表情。

玛莉亚·辛站在画架旁，脸上虽然平静但又不大耐烦，仿佛她还有别的、更重要的事情要关心。

他站在他妻子身旁，面无表情，手垂在身体两侧，眼睛望着画。他在等别人先开口，卡萨琳娜、玛莉亚·辛，或是我。

我站在门里面，可妮莉亚在我身后探头探脑。从我站的地方我看不见画。

最后，是玛莉亚·辛开口说话。

“是这样的，女孩，我女儿想知道为什么你会戴着她的耳环。”她问的方式似乎并不期待我给她回答。

我仔细研究她苍老的脸孔，她并不打算承认帮助我拿到耳环。他也一样，我很明白。我不知道要说些什么，所以我什么都没有说。

“你是不是偷了我珠宝箱的钥匙，然后拿走我的耳环?”卡萨琳娜这么问，似乎是想努力说服自己，她的声音微微发抖。

“不是的，太太。”尽管我知道如果我承认是自己偷的，大家会好过一点，但我没有办法欺骗自己。

“不要骗我，女佣就是会偷东西，你拿了我的耳环!”

“你的耳环不见了吗，太太?”

一时间卡萨琳娜似乎有点迷惑，一方面是因为我居然会反问她问题，另一方面是问题本身。看到画像之后她显然还没有检查过自己的珠宝箱，她完全不晓得耳环到底还在不在。不过她并不喜欢我发问。“闭嘴，小偷，叫人来把你关到牢里，”她哑着声说，“关在里面好几年不见天日。”她又皱了皱眉，有点不对劲。

“可是太太——”

“卡萨琳娜，你别让自己气成这样，”他打断我，“等画干了之后凡路易文马上就会来把它拿走，你就可以把这件事忘掉。”

他也不要我说话，似乎没有人希望我开口。我不了解他们何必要叫我上楼，既然大家都这么害怕我可能会说出什么话来。

我可能会说："他在画这幅画的时候，用那种眼神望着我好几个小时，这你又怎么说？"

我可能会说："那么你母亲和你先生呢？他们背着你做出这件事，欺骗你。"

或者我可能只是说："你先生抚摸了我，就在这个房间里。"

他们不知道我可能会说出什么。

卡萨琳娜并不傻，她知道重点不是耳环，然而她希望它们是，她努力把焦点放在那上面，但她还是克制不了自己，她转向她丈夫。"为什么，"她问，"你从来没画过我？"

他们凝视着彼此。这时我惊讶地发觉她比他还高，而且就某方面而言，比他还结实。

"你和孩子们不是这个绘画世界的一部分，"他说，"你们本来就不应该是。"

"那她却是？"卡萨琳娜尖声大叫，猛然转头朝向我。

他不回答。我真希望自己和玛莉亚·辛还有可妮莉亚在厨房或耶稣受难室里，或是出门去市场，这样的事应该让一个男人与他妻子私下讨论。

"还戴着我的耳环？"

他再度沉默，他的不语使卡萨琳娜更加恼怒，她开始摇头，金色的鬈发在她耳边弹跳。"我不允许我自己的屋子里发生这种事，"她大声喊，“我不允许!”她狂乱地环顾四周，最后眼睛落在画刀上，我打了一个冷颤。在她朝橱柜走去的同时，我也向前跨了一步，她一把抓下刀子，我停下来，不确定她接着会做出什么事。

然而他知道，他很清楚自己的妻子。看到卡萨琳娜走向画前时他马上移动，虽然她动作很快但他却更快——在她猛然把菱形的刀子朝画像一刺的那一瞬间，他抓住了她的手腕，再晚一点刀锋就会刺进我的眼里。从我站的位置我可以看到睁大的眼睛、新加上的耳环闪烁的一丝光采，以及画像前那把刀锋上明灭不定的光芒。卡萨琳娜想要挣脱但他紧抓着她的手腕，逼迫她丢下刀子。突然她呻吟了一声，抛下刀子，弯腰捧住肚子。刀子弹过瓷砖地板滑到我脚边，在地上转了一圈又一圈，越来越慢，所有的人都盯着它望。最后它停了下来，刀锋指向我。

我应该要把它捡起来，毕竟这是女佣的工作——捡起主人和太太掉的东西然后放回它们原来的位置。

我抬起头遇见他的眼睛，他灰色的眼睛望着我，我们彼此凝视了很久，我知道这是最后一次，我只是看着他。

我想我在他的眼里看到了后悔。

我没有捡起刀子，我转身走出房间，走下楼梯，推开坦妮基穿过大门。走出来到街上后，我并没有回头去看我知道一定坐在长椅上的女孩们，或是现在一定因为我刚刚推开她而皱着眉头的坦妮基，我也没有抬头去看很可能他正探头出来的窗户。我一到街上就开始奔跑，跑下奥兰迪克，越过桥，跑向市集广场。

只有贼和小孩才用跑的。

我来到广场的中央，停在里面用瓷砖铺成八芒星形状的圆圈里，每一个星角都指向一个我可以选择的方向。

我可以回去找我父母。

我可以去肉市找彼特然后同意嫁给他。

我可以走向凡路易文的房子——他会带着微笑迎接我。

我可以去找凡利瓦伊欧恳求他可怜我。

我可以到鹿特丹寻找法兰。

我可以自己流浪到遥远的地方。

我可以回到天主教区。

我可以走进新教教堂祈求上帝的指引。

我站在圆圈中央，随着思绪转了一圈又一圈。

等到我做出心里早已知道的抉择，我小心踩着星芒的尖角，朝着它所指示的方向坚定地走下去。

# 1676

当我抬起头看到她的时候，我手里的刀子差点掉了下来。我已经有十年没见到她，她几乎完全没有改变，除了稍微胖了一点，脸上的旧痘疤变得比较明显，她的一边脸颊现在也留下了疤痕——时常还会来找我的玛提格曾经告诉我那件意外，羊排溅出的热油烫伤了她的脸。

她从来就不擅于烤肉。

她站在很远的地方，让人不确定她到底是不是真的来找我，不过我知道，因为不会有别的可能。十年来，在这一个不算大的城镇里，她设法处处避开我，我从来不曾在市场或肉市遇到她，也不曾在几条大运河边与她擦肩而过。然而，我自己也没有再经过奥兰迪克。

她百般不愿地走向摊子，我放下刀子，在围裙上抹净手上的鲜血。“你好，坦妮基，”我平静地说，仿佛我几天前才见过她，“你过得如何?”

“太太想要见你，”坦妮基突兀地说，一脸不悦，“你今天下午到屋里来一趟。”

最后一次听到别人这么对我下命令已经是好几年前的事，顾客会向我要东西，但那不一样，如果我不喜欢他们的语气，我大可以拒绝。

“玛莉亚·辛好吗？”我努力保持礼貌地问，“卡萨琳娜也好吗？”

“她们还能怎么样？发生了这样的事。”

“我想她们应该过得去。”

“我夫人不得不变卖一些财产，不过她可是很精明的，孩子们不会有什么问题。”和以前一样，只要有人肯听，坦妮基就忍不住要赞美玛莉亚·辛一番，即使这意味着透露出太多细节。

两个女人走上来站在坦妮基后面，等着被招呼。我的心里一半是希望她们不在那里，这样我才能多问她一些问题，让她说出更多消息，告诉我这么多事情的每一个细节。然而我心里的另一半——从以前一直维持到现在的理智——不想再与她有任何的牵扯，我不想知道。

后面的女人有点不耐烦地移动，坦妮基僵直地站在摊子前，虽然皱着眉但表情和缓了许多，她呆呆地望着摆放在面前的肉块。

“你要买些什么吗？”我问。

我的问题把她从恍惚中惊醒。“不用。”她低声说。

他们现在都在肉市远处角落的另一个摊贩那里买肉。当我开始出来与彼特一起照顾生意后，他们立刻就换了另一个肉贩——匆忙到甚至连账都没付清。他们还欠我们十五个银币，不过彼特从没向他们要过。“我花了这笔钱才得到你，”他有时候会开玩笑，“现在我知道一个女佣值多少了。”

他这么说的时候我并没有笑。

我感觉到有一只小手拉了拉我的裙子，我低头看，原来是小法兰找到我，跑过来攀在我的裙子边，我摸摸他的头，他和他爸爸一样有一头金色的鬈发。“原来是你，”我说，“强恩跟外婆呢?”

他年纪还太小没办法告诉我，但很快地我就看到我母亲和大儿子穿过摊贩向我走来。

坦妮基看了看我又看了看我两个儿子，脸孔僵硬起来，她投给我一个充满怨愤的眼神，但没有说出心里想的事，她后退一步，绊到站在她身后那个女人的脚。“今天下午记得过来。”她说，我还来不及回答她就转身离开。

如今他们有十一个小孩了——玛提格和菜市场里的闲谈始终在替我计算。然而卡萨琳娜还是失去了她在画像及画刀事件那一天生下的婴儿，她就在画室里分娩——她没有办法下楼到自己的床上。婴儿早了一个月出世，又瘦又小很不健康，庆生宴后没多久就死了，我知道坦妮基把他的死怪罪在我头上。

有时候我会想象他画室的地板上染着卡萨琳娜的血迹，怀疑他怎么能继续在那里作画。

强恩跑向他弟弟，拉他到角落边玩，两个人开始你来我往地踢起地上的一根骨头。

“那是谁啊?”我母亲问，她从没见过坦妮基。

“一个客人。”我回答。我时常隐瞒一些会让她担忧的事，自从父亲死后她就变得像只野狗一样，对任何新的、不一样的、改变的东西充满警觉。

“她什么都没买。”母亲注意到。

“嗯，她要的我们没有。”我转身招呼下一位顾客，不让母亲有机会问下去。

彼特和他父亲两个人扛着半只屠宰好的牛走过来，他们把牛肉摔在摊子后面的桌子上，然后拿起他们的刀子。小法兰与强恩丢下刚才在踢的骨头，跑过去看。母亲后退几步——她始终不习惯看到这么多的肉。“我要走了。”她一边捡起菜篮一边说。

“今天下午你能不能看一下小孩？我有些事情要办。”

“你要去哪里?”

我扬起眉毛。我之前曾经向她抱怨她问太多问题，她年纪越大也变得越多疑，明明一件简简单单的事情她也要猜疑。虽然如此，现在真的有事瞒着她时，我发现自己异常冷静，我没有回答她的问题。

对彼特则容易多了，他只是抬眼看我，没有停下手边的工作，我向他点点头。很久以前他就决定不要问我问题，尽管他知道有些时候我没有把心事告诉他。在我们的新婚之夜他脱下我的包巾，看到我耳朵上的洞，然而什么都没有问。

那两个耳洞如今早已愈合，留下来的只是两个小小硬硬的肉块，除非我用指头用力捏我的耳垂，不然几乎感觉不到。

* * *

自从我听到这个消息已经过了两个月。这两个月来，我走在台夫特的街道上终于能够不再期待遇见他。这些年以来，我偶尔会隔着远远的距离发现他，在他前往公会或是从那里返回的路上，或是在他母亲的旅店附近，或是前往离肉市不远处凡利瓦伊欧家的途中。我从来没有走近他，也不确定他是否看见我，当他跨步走下街道或穿越广场时，他的眼睛永远盯着遥远的一点——不是高傲或目中无人，而是仿佛身处于另一个世界。

一开始很难，不管是在哪里，我只要一看见他全身就冻结了，我的胸口紧绷，没有办法呼吸。我必须把自己的反应隐藏起来，不能让彼特父子、我母亲，还有市场里的三姑六婆发现。

有好长的一段时间我以为他或许仍在乎着我。

然而过了一阵子，我不得不承认自始至终他在乎的只是我的画像而不是我。

等强恩出生后我才比较能接受这一点，我的儿子使我把注意力转向我的家庭，就如同我小的时候，在我还没去帮佣之前一样。我每天忙着照顾他，根本没有时间停下来看看自己周围和外面的世界，如今我怀里抱着一个婴儿，我不再绕着广场中央的八芒星走，想象每一个星角的尽头是什么样子。当我再看到以前的主人穿越广场时，我的心不再像拳头一样紧纠在一起，我不再去想象珍珠和貂皮，不再渴望看到他的画。

有时在街上我会遇到别人——卡萨琳娜、小孩们及玛莉亚·辛。卡萨琳娜和我转头不理对方，这样容易得多。可妮莉亚带着失望的眼神对我视而不见，我想她原本是希望彻底毁了我。莉莎白则忙着照顾男孩们，他们那时年纪太小也记不得我。至于爱莉蒂，她像她父亲——她灰色的眼睛看着远处，就是不落在身边的事物上。过了一些时候又多了别的我不认识的小孩，有时是他们父亲的眼睛或母亲的头发才让我认了出来。

所有的人里，只有玛莉亚·辛和玛提格会和我打招呼，玛莉亚·辛看到我的时候会稍微向我点点头，玛提格则溜出来到肉市找我说话。玛提格帮我把我留在屋里的东西拿来给我——断裂的瓷砖、我的祈祷书、领巾与帽子。这些年来屋里的消息也是玛提格告诉我的，比如他母亲的去世，他如何接手经营她的旅馆，他们越滚越大的债务，以及坦妮基被热油溅到的意外。

有一天玛提格开心地宣布："爸爸最近在画我，就像画你的姿势那样，就我自己，转过头从肩膀望出去。他唯一这样画的就只有这两幅，你知道吧。"

姿势并不完全一样，我心想，不完全一样。不过我很惊讶她也知道那幅画，我怀疑她是否亲眼看过。

跟她说话我得小心，有一段时间她只是个小女孩，我觉得不应该问她太多家里的事，我必须耐心地等她在无意中透露出一些小道消息。然而等到她年纪渐大可以对我更坦白时，我已经不再对她的家庭那么有兴趣，因为我已经有了自己的家庭。

彼特虽然容忍她的来访，但我知道她让他不自在。直到玛提格嫁给了一个绸缎商的儿子，改向另一个肉贩买肉后，她变得比较少来找我，这才让彼特放下了心。

如今十年之后，我再度被叫回那栋当初匆匆忙忙逃跑的屋子。

两个月前，当我在肉摊上切牛舌的时候，我听到一个排队等着的女人对另一个人说："是啊，想想看死后留下一屁股债给太太和十一个小孩。"

我抬起头来，刀锋深深地刺进我的手掌，一开始我并不觉得痛，直到我问："你们说的是谁呀？"然后那个女人回答："画家维米尔死了。"

结束摊子上的工作后，我特意用力刷洗我的指甲。很久以前我就放弃坚持每一次都要把手洗得干干净净，彼特老爹看到我这么做总会笑："看吧，就像你习惯了苍蝇一样，你也习惯了肮脏的指甲。"他喜欢这么说："只要你稍微多了解一些人事物，你就会发现实在没什么理由非得把手洗得那么干净，反正还会再脏，清洁这件事不像你以前当女佣的时候那么重要吧，嗯?”尽管如此，有时候我会把薰衣草磨碎，藏在我的衬衣下，试图掩盖身上不管到哪里都始终残留不去的血腥肉味。

我必须习惯的事情还有很多。

我换上另一件连身裙，系上干净的围裙，以及一顶才浆过的包巾。我仍然依照老方法戴着包巾，或许我看起来和第一天外出去帮佣的样子相差不远，只不过如今我的眼睛不再明亮而纯真。

虽然还是二月，但天气并没有刺骨的冷。市集广场上有许多人——我们的顾客、我们的邻居，这些认识我们的人会注意到我十年来第一次踏向通往奥兰迪克的路。我终究必须告诉彼特我去了那里一趟，只是我还不知道自己是否需要骗他到那里去的原因。

我穿越广场，然后走过横跨运河、通往奥兰迪克的桥。我没有犹豫，因为我不想太引人注意，我迅速地转了一个弯，走上街道。到屋子的路并不远——才半分钟我就到了门口——然而我却觉得很长，仿佛旅行到一个许多年前曾经到访的陌生城市。

因为天气还不错，屋子的大门敞开，外面的长椅上坐着几个小孩——四个小孩，两个男孩两个女孩，排排坐着像十年前我第一次到访的时候他们的姊姊一样。其中最大的正在吹泡泡，就像玛提格以前一样，然而他一看到我就放下手中的吹管。他看起来大约十岁、十一岁，过了一会我才明白他一定就是弗朗西斯，虽然从他身上我认不太出他以前婴儿的模样，不过事实上我年轻的时候对婴儿也没特别注意。其他的我则不认得，只有几次我曾在城里看到他们和姊姊在一起。他们全都瞪着我。

我对弗朗西斯介绍我自己："请你告诉外婆，葛里叶来这里见她。"

弗朗西斯转身向比较年长的一个女孩说："碧翠丝，去里面找玛莉亚·辛。"

女孩听话地跳起来，走进屋内，我想起好久以前玛提格和可妮莉亚抢着要通报我的情景，忍不住微微一笑。

剩下的小孩继续瞪着我。"我知道你是谁。"弗朗西斯大声宣布。

"我想你大概不记得我，弗朗西斯，我最后一次看到你的时候你还只是个小婴儿。"

他不理会我的话，自顾自地说出心里想的事："你是画里面的小姐。"

我吓了一跳，弗朗西斯露出得意的微笑。"没错，就是你，不过在画里面你不是戴包巾，而是包着漂亮的蓝色和黄色的头巾。"

"那幅画在哪里？"

听到我这么问他好像有点惊讶。"当然是在凡路易文女儿那里呀，他去年死了，你知道吧。"

我在肉市听过这个消息，暗暗松了一口气，即使我走了之后凡路易文并没有设法找我，但我始终很害怕某一天他会带着色眯眯的微笑以及不安分的手再度出现。

“既然画在凡路易文那里，你怎么会看过？”

“爸爸从他那里把画借过来一阵子，”弗朗西斯解释，“爸爸死后隔一天，妈妈就把它送还给凡路易文的女儿。”

我伸出颤抖的双手拉平我的斗篷。“他想再看一眼那幅画？”我努力压低声音说。

“没错，女孩。”玛莉亚·辛已经从屋里走出来，站在门口。“不过我可以告诉你，它并没有改善任何情况，只是那个时候他已经病成那样，我们不敢反对，就连卡萨琳娜也不敢说什么。”她看起来和以前一模一样——她永远不会老，她只会有一天上床睡觉然后就再也醒不过来。

我向她点头示意。“听到您家里的事情我很难过，夫人。”

“嗨，是啊，人生就是这么荒谬，只要你活得够久，你就会习惯。”

我不知道该怎么回答这样的话，所以只好把话题转到自己有把握的事情上。“夫人，您想要见我？”

“不，想见你的是卡萨琳娜。”

“卡萨琳娜？”我的声音掩藏不住惊讶。

玛莉亚·辛冷冷地一笑。“你始终学不会把心事放在心里，对吧，女孩？算了，我猜你和你那卖肉的处得还挺好的吧，只要他没问你太多问题。”

我张开嘴想说话，但是又闭上。

“这才对，慢慢学。现在，卡萨琳娜和凡利瓦伊欧在大厅里，你知道吧，他是遗嘱的执行人。”

我不知道，我想问她那是什么意思，还有为什么凡利瓦伊欧在这里，但我不敢。“我知道，夫人。”我简单地回答。

玛莉亚·辛轻笑两声。“从来没有一个女佣给我们惹这么多麻烦。”她喃喃自语，摇摇头然后走进屋里。

我跨步走入前廊，四周的墙壁上仍然挂满了画，有些我认得，有些我没看过。我怀着几丝期待，心想或许在这些静物画和海上风景画中会看到自己的肖像，不过当然，我不在其中。

我朝通往他画室的楼梯瞥了一眼，停下脚步，我的胸口紧绷起来。尽管我知道他已经不在了，但再度站在这间屋子里，他的房间在我上方，这比我想象的还要令人难以承受。这么多年来我克制着自己不去回想过去的那些时光，站在他身旁研磨颜料、坐在窗口投射进来的光线下、望着他凝视着我。这两个月来我第一次明白地了解到他已经死了，他死了而且永远不会再画另一幅画。他画得实在太少了——我听人说他始终无法如玛莉亚·辛与卡萨琳娜所愿，加快作画的速度。

直到一个女孩从耶稣受难室里探出头来，我才勉强自己深吸一口气，沿着长廊朝她走去。可妮莉亚如今正是我当初来做女佣的年纪，她的红发过了十年后颜色变得更深，而且只是简单地梳理，没有系上丝带或是绑成辫子。随着时间过去，她对我不再那么有恶意，事实上我几乎有点同情她——一种狡诈的神情扭曲了她的脸孔，使得正值青春年华的她看起来有点丑。

我心想她将来该怎么办，他们一家人将来该怎么办。尽管坦妮基对于她女主人处理事情的能力充满信心，但毕竟这是一个人口众多的家庭，又负债累累。我在市场里听人说他们已经三年没有付半毛钱给面包店，在我主人死后面包师傅可怜卡萨琳娜，拿了他们一幅画抵掉所欠的债。有短短的一刹那，我心里想卡萨琳娜是不是也要给我一幅画，用来抵她欠彼特的钱。

可妮莉亚把头缩回房里，我走进大厅。房里的摆设和我以前工作的时候差不多，没什么变化。床边仍垂挂着绿色的丝质帷幕，只不过已经褪色，象牙镶嵌的柜子摆在原位，桌子与西班牙式皮椅以及他们两家的画像都在那里。所有的东西看起来都旧了、脏了、磨损了，地板上红色与褐色相间的瓷砖有好几处不是裂了就是松脱了。

凡利瓦伊欧背对着门口站立，双手在身后合拢，他正在研究一幅士兵在酒馆里喝酒的画。他转过身来向我行个礼，仍然是个十足的绅士。

卡萨琳娜坐在桌边，她并没有如我所想的身穿黑衣，而是穿着那件貂皮滚边的黄色罩袍，仿佛是故意嘲笑我。那件衣服看起来也旧了，好像被穿过太多次，在袖子的地方可以看到缝补多次的裂口，毛皮有很多地方也被蠹虫蛀坏。虽然如此，她还是努力扮演着屋子里优雅的女主人的角色，刻意仔细梳理头发，扑上粉，戴上她的珍珠项链。

她没有戴那副耳环。

她的脸孔与她的优雅姿态完全不搭调，再多的粉也遮盖不了她的愤怒、她的不甘愿、她的恐惧。她并不想和我见面，但她不得不。

“太太，您想见我。”我想最好自己告诉她我来了，然而我开口的时候还是先看了一眼凡利瓦伊欧。

“对。”卡萨琳娜并没有示意要我坐下，如果是别的女士的话，她一定会指指旁边的椅子，然而她让我站着。

她坐在那里，我站着等她开口，房间里一片尴尬的寂静。她显然在挣扎，不知道要如何开始，凡利瓦伊欧移动身体的重心到另一条腿上。

我没有试着帮她，事实上我也没有办法，我望着她双手翻弄着桌上的文件，摸了摸手肘边珠宝盒的边缘，拿起粉刷然后又把它放下，她用一块白布擦了擦手。

“你知道我先生两个月前过世了？”最后她开口。

“我听说了，太太。听到这件事我非常难过，愿上帝保佑他。”

卡萨琳娜似乎没有听见我用微弱声音说出来的话，她的心思在别的地方，她又拿起刷子，手指穿过刷毛把玩着。

“都是因为跟法国打仗，才让我们落到这样的地步。不仅凡路易文那时不想再买画，连我母亲收租金也有问题，而且他又接手他母亲旅馆的借款，所以难怪情况会变得这么困难。”

我万万没有料到卡萨琳娜会向我解释他们负债的原因。十五个银币毕竟也不是什么大数目，我很想说，彼特已经不计较了，就别再想了。可是我不敢打断她。

“然后还有小孩。你知道十一个小孩要吃掉多少面包吗?”她抬头瞥了我一眼，然后又低头去看手中的粉刷。

一幅画的价值可以抵三年的面包，我默默地回答，一幅精美的画，给一个同情他们的面包师傅。

我听见走廊上传来瓷砖敲撞的声响，以及用手抓住裙摆的窸窣声。可妮莉亚，我心想，还是爱刺探，她显然不打算错过这出悬疑的剧目。

我等着，压下心里想问的问题。

终于凡利瓦伊欧说话了，“葛里叶，当一个遗嘱立下之后，”他低沉的声音说，“就必须列出一个家庭所有财产的详细清单，来计算遗产的多少，同时做为偿还债物之用。不过，有一些私人的事，卡萨琳娜想要在那之前先处理。”他望向卡萨琳娜，她仍在把玩手里的粉刷。

他们仍旧不喜欢对方，我想，要不是不得已，他们甚至不会待在同一间房里。

凡利瓦伊欧从桌子上拿起一张纸。“他过世前十天写了这封信给我。”他对我说，然后转向卡萨琳娜，“你必须这么做，”他命令她，“因为要给的是你的东西，不是他的或我的。作为他遗嘱的执行人我甚至不应该在这里见证这件事，然而他是我的朋友，我想亲眼看到他的愿望达成。”

卡萨琳娜从他手中一把抓过那张纸。“我丈夫并不是个病人，你知道，”她告诉我，“一直到他死前一两天他才真正重病不起，都是因为债务的压力逼得他神志不清。”

我无法想象我主人神志不清的样子。

卡萨琳娜低头看了看信，朝凡利瓦伊欧瞥了一眼，然后打开她的珠宝盒。“他要把这个给你。”她拿出珍珠耳环，犹豫了一会然后把它们放在桌上。

我觉得一阵晕眩，我闭上眼睛，手指轻轻触碰椅背以防自己站不稳。

“我再也没有戴过它们，”卡萨琳娜以一种苦涩的语气宣布，“我没办法。”

我睁开眼睛。“太太，我不能拿你的耳环。”

“为什么不能？你以前就拿过一次了，而且，这也不是你能决定的，他替你，也替我做了这个决定。它们现在是你的了，拿走吧。”

我迟疑了一会，然后伸出手来捡起耳环。它们拿在手里冰凉而光滑，就像我记得的一样，而从它们灰白色的弧面上反映出另一个世界。

我收下耳环。

“现在走吧，”卡萨琳娜忍着泪用含糊的声音下令，“我已经完成他所要求的事，我只能做到这样。“她站起来，把纸揉成一团丢到火堆里，她望着火光吞没纸团，背对着我。

我真心替她感到很难过。尽管她看不见，我还是尊敬地向她行了个礼，然后对凡利瓦伊欧点点头。他对我微笑，“小心保持你自己。”好久以前他就这么警告我，我不确定自己究竟有没有做到，这种事有时候很难说。

我紧握着耳环轻步走过房间地板，脚踩在松脱的瓷砖上使它们互相敲撞。走出房间，我轻轻地把门关上。

可妮莉亚站在走廊外面，她身上的褐色衣裙不太干净，而且好几个地方都有补丁。当我与她擦身而过的时候，她低声而迫切地说：“你可以给我。”她贪婪的眼睛笑着。

我伸手打她一巴掌。

走回市集广场后，我在广场中央的星星停了下来，低头看了看手里的珍珠，我不能留下它们，我要它们做什么？我不能告诉彼特它们是怎么来的——这意味着要解释那么久以前发生的每一件事情。我反正也不能戴这副耳环——肉贩的太太不戴这种东西，就和女佣一样。

我绕着星星走了好几圈，然后朝一个我听说过但从没去过的地方走去。隐匿在新教教堂后面的狭小街道，若是十年前，这样的地方我绝对不会接近。

这个人的工作就是保守秘密，我知道他不会问我任何问题，也不会告诉别人我曾去找过他。在看过这么多的物品来来去去后，他不再对于它们背后的故事感到好奇。他拎起珍珠对着光看，用牙齿咬了咬，然后拿到外头去眯着眼检查。

“二十个银币。”他说。

我点点头，接下他递过来的钱币，然后头也不回地离开。

那多出来的五个银币我将无法解释。我数了五个银币紧紧握在手里，我将把它们藏在彼特与我儿子不会看到的某个地方，一个只有我才知道的地方。

我永远不会花掉它们。

看到剩下的银币彼特会很高兴，如今债务还清了，我不再欠他任何东西。女佣终于自由了。

**图书在版编目（CIP）数据**

戴珍珠耳环的少女/（美）特蕾西·薛瓦利埃（Tracy Chevalier）著；李佳姗译. —上海：上海译文出版社，2022. 9
书名原文：Girl with a Pearl Earring
ISBN 978-7-5327-8930-6

Ⅰ. ①戴… Ⅱ. ①特…②李… Ⅲ. ①长篇小说—美国—现代 Ⅳ. ①I712. 45

中国版本图书馆 CIP 数据核字(2022)第 152899 号

**戴珍珠耳环的少女**
[美] 特蕾西·薛瓦利埃 著 李佳姗 译
责任编辑/管舒宁 装帧设计/柴昊洲

上海译文出版社有限公司出版、发行
网址：www. yiwen. com. cn
201101 上海市闵行区号景路 159 弄 B 座
浙江新华数码印务有限公司印刷

开本 890×1240 1/32 印张 8. 75 插页 5 字数 124,000
2022 年 11 月第 1 版 2022 年 11 月第 1 次印刷
印数：0,001—8,000 册

ISBN 978-7-5327-8930-6/I·5532
定价：58. 00 元